L'ELFE AU DRAGON

3 • SORCIERS DES MONDES GLAUQUES •

À Nathalie, mon amour elfique.

Retrouvez *L'Elfe au dragon* sur http://elfeaudragon.canalblog.com

Illustrations : Laurent Miny
Graphisme : Lorette Mayon

ISBN : 978-2-02-100007-8
N° : 100007-1

Loi n° 49-956 du 16 juillet 1949 sur les publications destinées à la jeunesse

• ARTHUR TÉNOR •

L'ELFE AU DRAGON

3 • SORCIERS DES MONDES GLAUQUES •

Seuil jeunesse

EN CE TEMPS-LÀ, régnait une drôle de paix sur les immensités de l'empire d'Isuldain.

Les peuples, aussi nombreux que différents, étaient parvenus à délimiter leur territoire et à s'y fixer sans trop lorgner sur celui des voisins. Les grandes invasions des hordes nordiques avaient été contenues et même repoussées au-delà du Cercle de glace. Quant aux attaques venues des Terres Obscures, elles avaient cessé après la mort du seigneur Kor et les terribles batailles qui avaient décimé ses orques et autres monstres malfaisants.

Chacun savait que cet édifice complexe de fiefs, nations et territoires, ne tenait que grâce à la solidité d'un seul pilier, l'empereur Isuldain. Dans son infinie sagesse, le souverain avait su imposer un règne de justice et de respect des équilibres. Jamais il ne se mêlait des affaires intimes des peuples, et n'intervenait avec ses armées que si un conflit menaçait la fragile stabilité qui régnait sur ses terres depuis la fin des guerres.

Parmi les communautés sur lesquelles l'empereur pouvait compter, il y avait les elfes. Certes pas tous, car certains étaient si sauvages qu'il était impossible d'entretenir avec eux des relations politiques et diplomatiques, encore moins commerciales. Ceux qui contribuaient le mieux à la préservation de la paix étaient le peuple d'Eldrin, de la forêt d'Ambre, les grands elfes des Songes qui occupaient les forêts les plus méridionales de l'Empire, et les Sentinelles d'Oriadith.

Ces derniers étaient établis depuis la nuit des temps sur le versant ouest de hautes montagnes rocheuses qu'on appelait les Crocs d'Oriadith. Outre leur fabuleuse habileté de grimpeurs et leur vue perçante, ils se distinguaient par leur alliance avec les aigles.

C'est à cette communauté qu'appartenait le jeune Kendhil. Comme ses semblables, il avait une magnifique chevelure brune et les oreilles légèrement pointues. Il était aussi agile qu'eux et sensible aux moindres frémissements de la nature. Comme eux encore, il savait anticiper les mouvements des animaux, capter leurs vibrations et même communiquer avec les plus évolués. Pourtant, il leur était différent... au point d'être davantage accepté que membre de leur communauté.

L'explication tenait au mystère de son origine, car chez les Sentinelles, chaque individu appartenait à une lignée parfois si ancienne qu'on pouvait en avoir le vertige. Or, Kendhil n'avait ni père ni mère ni frère ni sœur connus. Il était là et on se demandait bien pourquoi. Seul le vénérable Endh, de la lignée Findhit, aurait pu lever le voile sur cette énigme, mais au seuil de son seizième âge[1], il avait quitté ce monde sans rien révéler de ce qu'il savait. Kendhil, alors au premier âge de l'elfance[2], fut recueilli par Endhis, fils de Endh. Celui-ci accepta, plus qu'il ne l'adopta, ce poupon « hors lignée ».

Les origines obscures de Kendhil expliquaient assurément certaines tendances que nul autre Sentinelle n'avait jamais manifestées. Par exemple, il portait un grand intérêt aux humains qu'il se plaisait à observer, non point pour les surveiller, mais pour les comprendre. Les particularités de lignage et de caractère de cet elfon n'auraient cependant pas suffi à le rendre si différent aux yeux de ses semblables. Il y avait donc autre chose, un élément qui l'avait définitivement marginalisé. Les Sentinelles d'Oriadith n'avaient jamais fait alliance avec d'autres créatures que les aigles. Kendhil, lui, avait choisi… un dragon ! Certes, il ne l'avait pas fait exprès, mais c'était pousser un peu loin la singularité.

Avec un tel profil, il n'était pas étonnant que Kendhil, à peine entré dans le sixième âge elfique, fût destiné à vivre une existence hors norme…

---

1. Les elfes Sentinelles ne comptent pas le vieillissement en fonction des années passées. Ils distinguent des « âges », correspondant à différentes périodes de leur existence. Ainsi, quand les humains disent « bébé », les elfes parlent de premier et de deuxième âge. Le sixième âge correspond à l'adolescence, entre 15 et 17 ans, le seizième à la grande vieillesse. À l'échelle terrestre, un elfe Sentinelle peut vivre plus d'un siècle et demi.

2. En langue elfique, l'elfon désigne un garçon, l'elfide une fille et l'elfant un enfant.

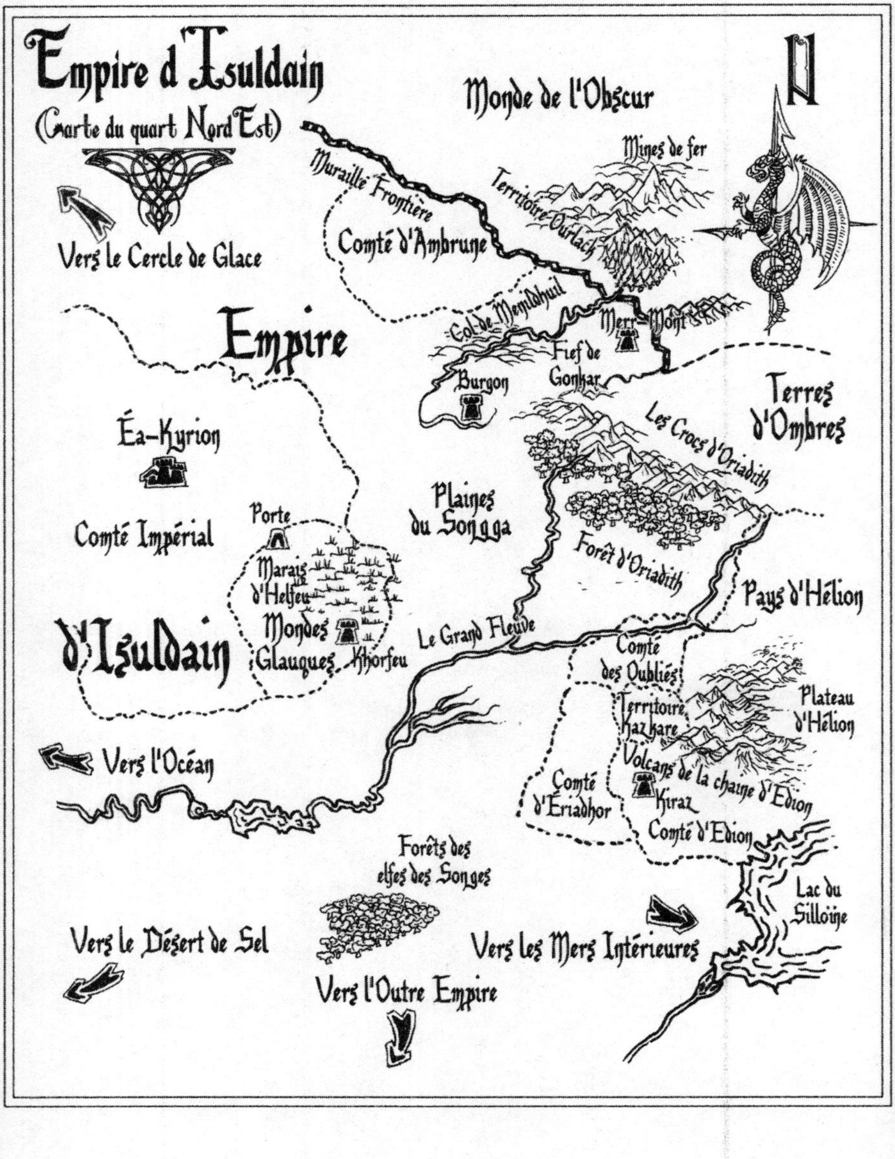
Empire d'Isuldain
(Carte du quart Nord Est)
Monde de l'Obscur
N
Mines de fer
Muraille Frontière
Territoire Ourlach
Comté d'Ambrune
Vers le Cercle de Glace
Empire
Col de Menildhuil
Merr-Mont
Fief de
Gonkar
Burgon
Terres
d'Ombres
Les Crocs d'Oriadith
Éa-Kyrion
Plaines
du Songga
Porte
Comté Impérial
Forêt d'Oriadith
Marais
d'Helfeu
Pays d'Hélion
Mondes
Glauques
Khorfeu
Le Grand Fleuve
d'Isuldain
Comté
des Oubliés
Territoire
Kazkare
Plateau
d'Hélion
Vers l'Océan
Volcans de la chaine d'Edion
Comté
d'Eriadhor
Kiraz
Comté d'Edion
Forêts des
elfes des Songes
Lac du
Silloïne
Vers le Désert de Sel
Vers les Mers Intérieures
Vers l'Outre Empire

• 1 •

LE TROUBLE DE KENDHIL

Errindha ferma les yeux et sourit.

« C'est étrange, je n'éprouve aucune peur, déclara-t-elle. Pourtant, mes pieds n'ont jamais quitté le sol plus haut que la cime des arbres de nos montagnes d'Oriadith. »

Kendhil gardait le silence. Il éprouvait une telle félicité, qu'il ne voulait rien faire ni dire qui pût rompre le charme. Lui aussi avait les yeux clos, comme pour mieux goûter les sensations d'un vol tout en douceur. Le vent s'engouffrait dans sa chevelure brune mi-longue, soufflant sur sa nuque une fraîcheur qui le faisait frissonner. Sa compagne était assise devant lui, tout contre lui ; il l'avait enlacée, afin qu'elle ne risquât pas de tomber. Précaution inutile, car même si cela devait se produire, son alter ego saurait la rattraper au vol aussi aisément qu'il s'emparerait d'une proie à plume. Le contact de l'elfide provoquait chez Kendhil une multitude de sensations, difficiles à interpréter tant elles étaient nouvelles et subtiles. Il avait quand même une petite idée sur cet émoi dont on parlait parfois, à mots couverts, entre elfons. Pourtant, les elfes Sentinelles ne connaissaient rien des feux de l'amour avant au moins leur... sixième âge.

« Mais je suis dans le sixième âge ! » s'exclama Kendhil.

Errindha tourna la tête pour le regarder, intriguée.

« Oui, et alors ? Quel est le rapport avec ce que je viens de dire ?

– Hof ! j'étais seulement en train de penser à... enfin, à rien. »

L'elfide soupira, déçue, puis demanda au dragon, sur le dos duquel ils survolaient les somptueuses forêts du comté d'Ériadhor :

« Dis-moi, Karlo, cela lui arrive-t-il souvent, à ton alter ego, de penser si fort à rien ?

– Tout le temps », gronda le monstre ailé.

À son ton bourru, il était évident que ce vol planant commençait à l'ennuyer sérieusement. Kendhil lui avait demandé un « vol de l'aigle », afin de ne pas perturber sa réflexion dans la douceur de l'aube. Point dupe, le dragon avait compris que l'elfon n'était pas pressé de rentrer à Oriadith, sans doute parce qu'il voulait conter fleurette à sa congénère. La réalité était tout autre et il n'allait pas tarder à l'apprendre...

Karlo était le dragon le plus gentil de l'empire d'Isuldain, mais c'était un dragon ! Qui plus est, d'Hélion ! De belle taille, bien qu'encore jeune, rouge comme le feu des entrailles du monde, doté d'un caractère aussi trempé que l'acier, prédateur redoutable et pourtant doué d'une sensibilité digne du plus doux des elfes. Singulier mastodonte de contrastes que cette créature, dont les ancêtres avaient été conçus dans l'Obscur et avaient partagé en un temps pas si lointain leur territoire avec celui des orques.

Il poussa tout à coup un rugissement qui fit sursauter Errindha.

« Qu'est-ce qui lui prend ? s'inquiéta-t-elle.

– À mon avis, il a faim, suggéra Kendhil.

– Tiens, moi aussi », réalisa la jeune elfe en portant une main à son ventre.

Elle se mit à genoux puis, à quatre pattes, avança prudemment vers le cou du dragon afin de pouvoir scruter le paysage en dessous d'eux. Sa cape vert sombre, soulevée par le vent, vint claquer sous le nez de Kendhil qui éclata de rire en la repoussant, comme s'il s'agissait d'un animal facétieux.

« Regardez cette ferme. Peut-être les humains accepteraient-ils de nous donner quelque chose à grignoter. »

Kendhil trouva l'idée excellente, car lui aussi avait « les crocs », comme le disait souvent son alter ego.

« Karlo, tu as entendu ? Dépose-nous près de cette maison. Tu reviendras nous chercher quand tu seras toi-même rassasié. »

L'animal rugit à nouveau, mais cette fois de joie.

« Accroche-toi », prévint Kendhil, s'adressant à sa compagne.

Le virage sur l'aile fut en effet spectaculaire, tirant un long cri de peur jubilatoire à l'elfide, dont l'estomac lui sembla remonter dans la gorge. L'atterrissage ne le fut pas moins, au beau milieu de la basse-cour, semant une panique indescriptible parmi les veaux, les cochons, les couvées... Les deux vieux fermiers qui binaient leur potager coururent se réfugier dans leur chaumière, dont ils claquèrent la dérisoire porte de bois. Les deux elfes sautèrent avec souplesse au sol.

« Merci, Karlo, à tout à l'heure ! » lança Kendhil, avant de recommander : « Et s'il te plaît, évite de croquer par inadvertance une vache ou un mouton. »

Les yeux d'or du dragon scintillèrent de convoitise. Son ami lui adressa un sourire complice, puis se détourna pour considérer l'habitation. Vue de près, elle paraissait misérable.

« Des êtres de conscience vivent ici ? s'interrogea Errindha.

– Oui, des humains qui ne possèdent pratiquement rien et ne peuvent compter que sur eux-mêmes. Ils ont souvent faim et passent leur vie à travailler, juste pour survivre.

– Pourquoi cela n'existe-t-il pas chez les elfes ?

– Guenth l'Ancien m'a expliqué un jour que les elfes forment des communautés, tandis que les humains sont des individus qui se côtoient en vivant souvent les uns aux dépens des autres.

– Ah ? Comme c'est curieux... On entre ?

– Oui, enfin non, pas comme ça. Il faut d'abord frapper. »

Errindha écarquilla les yeux, déjà indignée.

« Frapper qui ? »

Son compagnon éclata d'un rire bref, puis annonça :

« Tu vas voir. »

Il avança jusqu'au perron de pierre de la chaumière, puis avec le poing cogna plusieurs fois sur la porte. Quelques secondes passèrent, avant qu'une voix aigrelette de vieille femme se fît entendre, de l'autre côté de l'huis :

« Allez-vous-en, y a rien à voler ici !

– Nous avons juste un peu faim. Désolé de vous avoir effrayée. »

Kendhil se retourna vers son amie qui affichait une mine contrariée.

« Tu vois, ils n'ont rien. Nous aurions dû choisir une maison plus grosse. »

De nouveau, la voix retentit :

« Vous êtes qui, d'abord ?

– Je suis Kendhil, et mon amie s'appelle Errindha. Nous sommes des elfes Sentinelles des Crocs d'Oriadith. Karlo, le gentil dragon qui nous fait voyager sur son dos, est mon alter... »

Il fut interrompu par l'ouverture brusque de la porte. Un visage ridé, crasseux et intrigué apparut dans l'entrebâillement :

« Des elfes ? Vous êtes vraiment des elfes ? (La vieille fronça des sourcils soudain suspicieux.) Montrez vos oreilles ! »

L'injonction eut un effet inattendu dans le cœur de Kendhil. Oui, sans conteste, il était un elfe de la très ancienne communauté des Sentinelles. Pourtant, il eut la sensation bizarre que l'affirmer serait un mensonge. Lentement, l'esprit perturbé, il remonta sa chevelure noire d'un côté, dégageant ainsi une oreille légèrement pointue. Errindha, qui avait perçu son trouble, s'exécuta pareillement, montrant un pavillon finement ourlé, qui semblait avoir été moulé en « porcelaine de satin », matière noble utilisée pour fabriquer certains objets d'une extrême délicatesse.

Rendus tout à coup joyeux par cette visite improbable, les vieux fermiers accueillirent les étrangers comme s'il se fût agi de grands seigneurs. Ils les installèrent à leur table, apportèrent à chacun une chope de lait et un gros morceau de pain et de lard. Puis ils se mirent à l'écart au fond de la pièce pour observer leurs hôtes, debout, les yeux exorbités de curiosité.

« Ils sont braves, tu ne trouves pas ? murmura Errindha.

– Oui, très. Fais attention à cette chose, prévint Kendhil en désignant la longue tranche de lard gris, étalée sur une planchette de bois, c'est de la viande. »

Errindha plissa le nez, puis goûta le lait qui, à l'inverse, la ravit.

Quelques secondes s'écoulèrent, puis elle demanda sur un ton volontairement anodin :

« Pourquoi t'es-tu troublé quand cette femme a voulu vérifier si nous étions bien des elfes ? »

Kendhil baissa les yeux, puis les releva pour plonger son regard dans celui, vert sombre, de son amie.

Il semblait dire : « Essaie de deviner. » Mais le silence de l'elfide l'incita à s'exprimer clairement :

« Tu connais la réponse, finit-il par déclarer. Je suis le seul elfe Sentinelle qui soit sans parent, sans lignée et dévoré par l'envie de connaître l'Empire. Tant que je ne détiendrai pas la clé de ce mystère, je ne pourrai pas vivre sereinement.

– Cela, je le sais, rétorqua Errindha, mais pourquoi cette réaction quand l'humaine a voulu vérifier que nous étions bien des elfes ?

– Je t'ai répondu. Je me demande qui je suis, parce que je ne sais pas d'où je viens. »

Malgré cela, il était évident que l'elfide n'avait toujours pas compris le malaise identitaire de Kendhil, lequel en conçut un profond sentiment de solitude.

« Il faudrait que je trouve Mézandion[1], lâcha-t-il comme pour lui seul.

– Pourquoi ?

– Parce que c'est lui qui m'a amené aux Sentinelles. Lui connaît mes origines.

– Ne t'a-t-il pas dit qu'il était dans l'au-delà ? »

Mézandion était apparu la veille au soir à Kendhil, sous la forme d'une image tridimensionnelle, projetée par un oxylogramme. Cela se passait dans la caverne-maison de sa prime elfance, au pays des dragons rouges. Au lieu de lui faire des révélations, le Magicien l'avait enjoint de ne pas poursuivre cette vaine quête de ses origines, expliquant : « Si je t'ai amené

1. Voir *Le Jugement des dragons*, dans la même collection.

sur le plateau d'Hélion, alors que tu n'étais qu'un poupon, espérant naïvement que je pourrais t'y protéger jusqu'à l'âge de raison où tu aurais pris ta destinée en main, c'était pour que jamais ne te soit révélé ton secret. » Le jeune Sentinelle avait ensuite été averti qu'au bout du chemin, il ne trouverait que la déception et assurément la mort. Cela l'avait effrayé, et pourtant n'avait fait qu'aiguiser son désir de savoir.

« Je pourrais essayer de trouver quelqu'un qui puisse me renseigner sur lui, dit-il.

– Comment, puisque tu ne sais rien de cet homme ?

– Il était Magicien. Il me suffira de trouver un membre de sa confrérie.

– Pour cela, il faudrait te rendre à Éa-Kyrion. »

Kendhil la dévisagea, avec une expression qui trahissait à la fois ses craintes et son envie.

« Ce pourrait être dangereux, reprit l'elfide.

– Je ne crois pas.

– Karlo sera dans l'impossibilité de veiller sur toi, là-bas, tu le sais ? »

Le Sentinelle acquiesça d'un hochement de tête.

« Alors, je viens avec toi ! » décréta-t-elle.

Il feignit de ne pas avoir entendu :

« Finissons notre lait et remercions nos hôtes. »

Errindha répéta sa décision, mais cette fois en elfique, langue que Kendhil comprenait mais que, pour une raison étrange, il ne savait pas parler :

« *Aé-kelimna, ouhène da*. Je peux aussi te le dire dans la langue des aigles, si tu veux.

– C'est inutile. Cette quête n'est pas la tienne.

– M'interdirais-tu ce partage ? »

Kendhil éprouva un terrible embarras car, dans la culture elfique, refuser à un membre de sa communauté *le partage*, revenait à un rejet d'une extrême brutalité. Il opta pour une piètre échappatoire :

« Non, bien sûr, mais Karlo, lui, le pourrait. »

Errindha se leva brusquement de table.

« Entendu, allons lui parler. »

Elle remercia les vieillards qui ne cessaient de sourire, puis sortit. Kendhil resta un moment sans bouger. Enfin, il se redressa et tira sur la chaîne dorée qu'il portait au cou. Une perle de lumière bleutée, dans un filet de métal précieux, émergea de sa cotte. Il la déposa dans sa paume pour la contempler. C'est alors qu'il lui sembla entendre une voix.

« Comment ? Que dites-vous ? demanda-t-il, s'adressant au couple de vieillards.

– Rien, seigneur, répondit le vieil homme. Juste *oh !*, car ce bijou est très beau. »

Kendhil aurait pourtant juré avoir entendu un *non !* impérieux. Ou peut-être une supplication. Ce singulier pendentif lui avait été offert la veille par Mézandion, lors de la diffusion du message dans la caverne, avec cette révélation qu'il contenait une parcelle de son âme. Était-ce pour lui permettre d'entrer en contact que le Magicien lui avait fait ce présent ? En ce cas, comment fallait-il procéder ?

« Un mystère de plus à élucider », soupira l'elfon avant de se lever de table.

• 2 •

LES PREMIERS ENNUIS

Kendhil retrouva Errindha dans la cour de la fermette. Elle avait appelé Orso, son alter ego qui s'était posé sur la margelle du puits et se laissait doucement caresser le dessus du crâne. L'elfon éprouva un nouveau trouble à la vision de cette scène, pourtant d'une grande banalité. Chaque elfe Sentinelle se liait dès son elfance avec un aigle des montagnes d'Oriadith, partageant avec lui et pour la vie une identité unique, indissociable, au point que l'un pouvait voir par les yeux de l'autre. Kendhil avait lui aussi un alter ego, avec lequel cependant il entretenait une relation plus complexe. Et pour cause, puisqu'il s'agissait d'un dragon d'Hélion. De mémoire d'elfe, jamais un Sentinelle d'Oriadith n'avait noué pareille alliance !

« Karlo ne va sûrement pas tarder, déclara-t-il en approchant.

– Je sais. Orso m'a dit qu'il avait attrapé un cerf et achevait de le consommer tout en jouant avec les courants ascendants. »

Impatient, Kendhil prit une profonde inspiration.

Ensuite, mettant ses mains en porte-voix, il poussa un cri aigu ressemblant à s'y méprendre à celui d'un aigle. Bientôt, le mastodonte volant creva le plafond nuageux et piqua droit sur la ferme. En atterrissant, il provoqua un tel coup de vent qu'une cruche posée sur le rebord de la margelle bascula dans le puits.

« Tu aurais pu attendre que j'aie fini de déjeuner ! se plaignit le dragon. J'ai cru que vous aviez un problème. »

Il entreprit de se lécher la gueule avec son immense langue violette, afin de nettoyer toute trace de sang, car il savait que cela indisposait les elfes.

« J'ai poussé le cri d'alerte parce que nous avons une question grave à te soumettre », se justifia Kendhil.

Karlo cessa de se débarbouiller pour observer son compagnon d'un air soupçonneux :

« Laisse-moi deviner, tu ne veux plus rentrer à Oriadith...

– C'est presque ça. Je dois poursuivre ma quête en cherchant quelqu'un qui puisse me renseigner sur Mézandion. Errindha devrait retourner à Oriadith, mais voilà, elle préfère... Je lui ai dit que tu risquais de ne pas être d'accord. Enfin, je te laisse le soin de voir ça avec elle. »

Il conclut son explication alambiquée par un regard appuyé signifiant : « S'il te plaît, ne cède pas. » L'elfide passa aussitôt à l'offensive, en langue elfique, que tout être de conscience savait comprendre, sauf les humains.

« *Kendhil veut se rendre à Éa-Kyrion où il te sera difficile de le protéger. C'est pourquoi je dois l'accompagner. Accepterais-tu qu'il se déplace seul dans la capitale impériale, parmi tous ces humains imprévisibles ?*

– Gronf ! grogna le dragon qui avait saisi le délicat arbitrage qu'on attendait de lui.

– *Imagine qu'il rencontre une humaine qui lui brouille le jugement,* poursuivit la jeune elfe en ramenant sa cape contre elle, à la manière d'une élégante séductrice. *Si personne n'est là pour veiller sur sa lucidité, tu imagines le danger ?* »

L'intéressé n'apprécia guère le propos, bien qu'il sût en son for intérieur en reconnaître la pertinence.

« Tu exagères, Errindha, protesta-t-il. Je me demande bien ce qui peut te faire craindre une chose pareille. »

Il savait qu'elle faisait allusion à la rencontre qu'il avait faite lors d'un séjour dans la ville de Burgon[1]. C'était une jeune humaine aux yeux d'un bleu... troublant.

« Je crois que Karlo m'a comprise, n'est-ce pas Karlo ? »

L'argument fit mouche, puisque le dragon consentit à les conduire tous les deux où ils voudraient. Mais il tint à y mettre une condition :

« Après, on rentre à Oriadith ! »

Il ne reçut aucune confirmation claire de la part de Kendhil, bien que cette contrepartie ne souffrît aucune discussion.

1. Voir *Les Maraudeurs d'Isuldain*, dans la même collection.

Le voyage ne fut pas très long, à peine une journée de vol, sans forcer l'allure. Au crépuscule, Kendhil demanda à son alter ego de les déposer bien avant qu'ils ne fussent en vue de la capitale impériale.

« Déjà ? Pourquoi ne pas aller jusqu'aux portes de la ville ? s'étonna Errindha.

– À cause des dragons de l'empereur, précisa Kendhil.

– Peuh ! Je n'en ferais qu'une bouchée », fanfaronna Karlo.

Ce n'était pas faux, mais son alter ego émit une autre raison :

« Je préfère qu'on ne nous remarque pas. Mais ne t'inquiète pas, Karlo, tu auras tout le loisir de t'amuser avec ces créatures si tu trouves que nous tardons trop à revenir... Tiens, vois cette route : c'est à partir de là que nous poursuivrons sans toi. »

Il désigna vers le nord un étroit sillon herbeux se faufilant entre bois et champs cultivés.

« Veux-tu dire que nous allons continuer à pied ? s'inquiéta Errindha.

– À pied ou sur les mains, comme tu voudras. Cela dit, si tu crains que cela soit trop fatigant, Karlo se fera un plaisir de te ramener chez nous, n'est-ce pas Karlo ?

– Ouais, ouais. »

L'elfide haussa les épaules, mais n'en pensa pas moins, car elle était persuadée de trouver le moyen de rendre cette dernière étape du voyage beaucoup moins laborieuse.

« Vous le voulez comment, votre atterrissage ? s'enquit le dragon.

– En douceur, comme toujours ! » répondit Kendhil.

Puis, s'adressant à Errindha, il prévint :

« Tu vas voir, les atterrissages en douceur de Karlo sont toujours inoubliables.

– Ah ouiiii oooooh ! »

Le mastodonte avait replié les ailes d'un coup, pour se laisser choir comme une pierre. Ses passagers décollèrent de son dos et entamèrent une chute libre vertigineuse, leurs capes battant l'air au-dessus de leur tête. Aussitôt après, le monstre effectuait un magistral looping, récupérait ses passagers dans chacune de ses pattes postérieures, puis, battant énergiquement des ailes, descendit jusqu'au sol où il les déposa avec une surprenante délicatesse. Kendhil était quelque peu décoiffé, mais ravi ; Errindha de même, mais blême.

« Je resterai dans ce secteur trois jours au maximum, déclara Karlo tout en se maintenant en suspension au-dessus des Sentinelles. Si vous n'êtes pas revenus dans ce délai, je viendrai vous chercher, où que vous soyez.

– Ce ne sera pas nécessaire, le rassura Kendhil. Nous serons de retour demain soir, au plus tard. »

À cet instant, l'alter ego d'Errindha rejoignit le groupe. Il vint se poser sur la tête de Karlo, entre ses cornes.

« Orso ! s'exclama l'elfide. Qu'est-ce que tu fais ? C'est très impoli !

– On a sympathisé, expliqua Karlo, avant d'ajouter : il est plutôt pas bête pour un animal. »

Le dragon partit dans un puissant rire, puis s'éloigna avec le majestueux rapace debout sur son crâne, s'amusant les ailes déployées à garder l'équilibre dans le vent.

Les deux Sentinelles se mirent en route, chacun plongé dans ses préoccupations. Kendhil sentait peser sur son estomac une pression désagréable, qu'il avait éprouvée pour la première fois lorsqu'il avait entamé sa quête. Les humains appelaient cela l'angoisse. Errindha était pour sa part soucieuse à l'idée de devoir marcher des heures sur cette route caillouteuse. Les elfes Sentinelles ne voyageant qu'en de rares occasions, ils n'étaient pas équipés pour de longues expéditions pédestres. Ainsi, leurs bottines brunes en cuir d'écorce étaient-elles certes résistantes et d'une grande souplesse, mais sans semelle de renfort !

Après seulement une petite heure de marche, ils pénétrèrent dans une bourgade d'une vingtaine de maisons basses, regroupées autour d'une unique place circulaire. En ce début de nuit, les habitants avaient suspendu des lampes à flamme orange au coin des toits. Certains avaient sorti des chaises et s'étaient regroupés pour une veillée entre voisins, tandis que les enfants jouaient sur la place. Une peur instinctive les saisit à l'apparition de ces deux silhouettes, allant à pied, cape rejetée sur les épaules, épée elfique au côté. Errindha éprouva également de la crainte. Elle interrogea son compagnon, à voix basse :

« Comment doit-on les aborder ?

– Avec simplicité. Les humains éprouvent un grand respect pour les elfes, nous devrions être bien reçus. Tu vas voir... »

Il s'avança vers le groupe le plus proche, constitué d'une dizaine d'hommes de tous âges. Les femmes aussi formaient un cercle, mais à part. Il hésita entre les deux, puis décida de s'adresser à ces dernières :

« Que la nuit vous soit douce, amies humaines. Nous nous appelons Kendhil et Errindha d'Oriadith, nous sommes des elfes. »

Son sourire mourut en constatant que les femmes le dévisageaient avec sévérité, presque hostiles. Il se tut, interloqué. Un vieillard se leva de sa chaise, puis interpella Kendhil, lui expliquant :

« Un étranger doit d'abord s'adresser aux hommes.

– Ah ? Pourquoi ?

– Ce sont nos traditions. Que voulez-vous, seigneur elfe ?

– Nous nous rendons à Éa-Kyrion. Nous n'avons pas mangé grand-chose depuis ce matin, et nous aurions aussi besoin d'une monture...

– Vous avez de quoi payer ? »

Embarrassé, Kendhil regarda sa compagne.

« Notre affaire sera plus compliquée que prévu, lui déclara-t-elle.

– Que faudrait-il leur donner ?

– Avant que je parte d'Oriadith pour te rejoindre, Guenth l'Ancien m'a remis une dizaine de morceaux de métal jaune, auquel les humains attribuent une grande valeur. C'est grâce à eux que j'ai obtenu un cheval.

– Bien. Nous allons donc pouvoir faire ce que demande cet homme, payer.

– J'ai tout donné à Kizi, ce jeune Kazkare qui m'a aidée à te retrouver. »

Kendhil soupira, puis se résigna :

« Alors, nous n'avons plus qu'à passer notre chemin.

– Attends, j'ai une idée. »

S'adressant au vieil homme, Errindha demanda :

« Quelqu'un dans votre village souffrirait-il de la cheville ?

– Pourquoi cette question ? s'étonna Kendhil.

– Quand nous nous sommes échappés de l'arène aux dragons de Kiraz, je m'étais tordu la cheville. Il a suffi que tu poses ta main dessus pour que la douleur disparaisse, définitivement.

– Mais je ne l'ai pas fait exprès. Je ne suis pas guérisseur !

– C'est peut-être l'occasion de le vérifier. »

Le villageois consulta ses congénères masculins. Ils parlementèrent à voix basse un moment, puis il se retourna pour annoncer :

« Nous avons un jeune qui souffre de fièvre, après avoir reçu un coup.

– Mon ami peut-il le voir ? » demanda Errindha.

D'un signe de tête, l'humain acquiesça. Les Sentinelles le suivirent jusque dans une masure où agonisait un garçon d'une quinzaine d'années. Kendhil s'approcha du bat-flanc sur lequel le malheureux gémissait, en proie à une forte fièvre qui le faisait transpirer et frissonner. En guise de pansement, on lui avait noué autour de la tête un rudimentaire bandeau de chiffon, que le sang avait rougi à la tempe gauche.

« Il est mal en point, diagnostiqua Kendhil.

– Pose tes mains sur sa tête, comme tu l'as fait pour ma cheville », lui suggéra Errindha.

L'elfon se dit que s'il possédait un quelconque pouvoir de soulager les souffrances, ce ne pouvait être dû qu'à la perle de Mézandion qu'il portait au cou, à même sa peau. Il accomplit donc le geste et attendit. Durant quelques secondes, l'imposition de ses mains sur le crâne du blessé ne fut d'aucun effet. Puis une vision traversa sa conscience, furtive mais suffisamment nette pour qu'il pût en tirer une interprétation. Il se redressa, se tourna vers les villageois qui se pressaient à l'entrée de la maisonnette.

« Cet enfant a été battu », dit-il.

Les humains se montrèrent interloqués, comme pris en faute.

« Ce ne sont pas vos affaires, répliqua le vieux. Alors, vous pouvez le guérir, oui ou non ? »

L'homme écarquilla les yeux de stupeur, car la réponse à sa question lui fut donnée alors même qu'il la prononçait. Kendhil se retourna et vit que le garçon s'était redressé sur son lit. Le blessé, qui l'instant d'avant était aux portes de la mort, regardait à présent autour de lui, comme s'il émergeait d'un long sommeil. De ses yeux clairs cernés de violet, il fixa les gens de son village et bredouilla quelques mots dans un patois local. Kendhil le dévisagea, abasourdi, se demandant s'il s'agissait d'une guérison miraculeuse ou d'une simple coïncidence. Une hypothèse se forma dans son esprit, qu'Errindha exprima à voix haute, en langue elfique afin de n'être comprise que de lui seul :

« *Il semble que Mézandion ait fait de toi un Magicien.* »

• 3 •

LA CAPITALE IMPÉRIALE AU PETIT JOUR

La reconnaissance des villageois n'alla pas au-delà d'un maigre repas, servi sans un mot, puis de la réponse à l'unique question posée par Kendhil :

« Savez-vous comment nous pourrions entrer en contact avec un Magicien, lorsque nous serons à Éa-Kyrion ? »

L'information fut concise, mais suffisante :

« Au palais du Magistrum où siège leur ordre. Là, vous en trouverez autant que vous voudrez, des Magiciens. »

Ensuite, les deux visiteurs furent priés de s'en aller, ce qu'ils firent volontiers, mais à pied. Les Sentinelles, comme la plupart des elfes, étaient nyctalopes. Un quart de lune, ou même quelques étoiles, suffisait à éclairer leurs pas lors de leurs déplacements nocturnes, comme en cette circonstance où le pâle disque argent de l'astre de nuit parvenait à peine à transpercer le ciel laiteux.

« Les humains sont-ils tous comme ceux-là ? s'interrogea Errindha qui n'en avait côtoyé que très peu jusque-là.

– Non, heureusement, répondit Kendhil. Guenth m'a appris – j'ai d'ailleurs pu le constater moi-même – qu'ils étaient capables du meilleur comme du pire. Mais chez eux, le pire peut se cacher sous les meilleures apparences. Il faut donc toujours rester méfiant. »

La route longeait à cet endroit un champ dans lequel se trouvait un cheval gris. Errindha eut alors une idée. En langue elfique, elle interpella l'animal qui répondit en hennissant et en parcourant son pré au trot. Il sauta par-dessus la clôture et rejoignit les Sentinelles.

« Nous ne sommes pas des voleurs de chevaux, fit remarquer Kendhil.

– Cet animal est libre, rappela sa compagne. Je n'ai fait que lui demander s'il voulait bien nous emmener à Éa-Kyrion. Il me semble d'accord. »

Après avoir chevauché à petite allure une partie de la nuit, Kendhil éprouva le besoin de faire une pause. Ils mirent pied à terre, puis grimpèrent dans un arbre au tronc robuste qu'ils avaient repéré à droite de leur route. L'elfon s'allongea sur l'une des plus hautes branches, tandis que son amie choisissait une fourche un peu plus bas, dans laquelle elle se cala confortablement.

« Nous repartirons à l'aube, déclara le premier.

– Quand tu veux, je ne suis pas pressée », lui répondit l'elfide.

Puis elle s'inquiéta :

« Tout va bien, Kendhil ?

– Je ne sais pas. Il faut que je me repose. »

Errindha n'insista pas, mais elle décida de rester totalement éveillée durant cette halte. Les elfes ont en commun avec les dauphins de pouvoir déconnecter une moitié de leur cerveau. Cela leur permet, entre autres, de ne pas tomber lorsqu'ils dorment dans un arbre. Cela explique aussi pourquoi un elfe ne rêve presque jamais. Or, cette nuit-là, Kendhil s'endormit complètement et si profondément que son esprit franchit la frontière de l'Ici, à savoir du monde réel. Il se vit déambuler dans une ville sinistre, grise, chargée d'angoisse, peuplée d'invisibles présences qui l'observaient avec autant de curiosité que de convoitise. Soudain, un homme se dressa devant lui, vêtu d'un manteau long écarlate. C'était un membre de la confrérie des Magiciens, mais pas Mézandion. L'homme sans visage posait sur l'elfe un regard assassin. Une voix s'éleva, grave, qui proférait des imprécations en quelque étrange langage. Dès lors, Kendhil éprouva un malaise grandissant. Il vit ses mains prendre une teinte bistre, ses veines saillir et bleuir, puis sa peau se couvrir de taches sombres. C'étaient des mains de vieillard. Et comme s'il recevait un coup de poignard au cœur, le visage d'Errindha s'imposa à son esprit. Elle était si pâle, les yeux clos, qu'il comprit qu'elle était malade ou peut-être... Il poussa un cri et se sentit basculer sur le côté. Il reçut un choc atrocement douloureux dans les côtes. Un cri perçant retentit :

« Kendhil ! »

Des bras le rattrapèrent, l'enlacèrent. La chute se poursuivit dans un fracas de branches brisées, auquel succéda le bruit sourd de corps heurtant un sol meuble. Le jeune Sentinelle finit par sentir sur sa joue une main à la fraîcheur réconfortante.

« Kendhil ? » souffla la voix d'Errindha.

Il ouvrit les yeux. Le visage clair de son amie était au-dessus du sien, tout près.

« Je suis tombé, n'est-ce pas ?

– Oui, avec moi. J'ai essayé de te retenir, mais je n'ai fait qu'amortir ta chute.

– La dernière fois que cela m'est arrivé, j'avais voulu descendre sans mettre les mains.

– Je le sais, j'étais là, avec Félindhé et Rosmath. Tu voulais nous impressionner, tu as réussi à nous faire bien rire. Que s'est-il passé ce soir ? »

Avant de répondre, Kendhil laissa à sa mémoire le temps de rassembler les souvenirs de son rêve. En même temps que défilaient à nouveau ces images, pénibles visions oniriques, il en perçut le sens profond et son malaise s'accrut. S'il avait été humain, il aurait rusé pour ne rien révéler à sa compagne, voire même il aurait menti. Mais il était un elfe, et les elfes parlent comme ils pensent :

« J'ai vu en rêve que si je poursuivais ma quête, je subirais une malédiction et toi tu serais... »

Il allait dire « transfosée[1] », mais il se ravisa pour ne pas alarmer sa compagne et appliqua cette fois ce qu'il avait appris au contact des humains, à savoir *dire presque la vérité* :

« Endormie », lâcha-t-il.

Ce qui n'était pas un mensonge puisqu'il était tombé avant d'en être sûr.

« Je vois... Comment interprètes-tu ce signe ?

– Je crois que c'était un avertissement.

– Alors, il faut renoncer et rentrer chez nous.

– Ce serait plus prudent, mais mon destin est en marche. Je ne vois pas comment je pourrais le changer.

– En renonçant à cette quête qui te tourne la tête.

– Ce serait interrompre mon histoire. Impossible. Il me faut aller jusqu'au bout, mais je préférerais que toi, tu... mmmf ! »

Errindha l'empêcha de poursuivre en posant ses lèvres sur les siennes. Ce n'était pas une première entre eux et, comme les fois précédentes, ce fut fort agréable.

Ils n'attendirent pas l'aube pour reprendre leur voyage, à pied désormais, car ils ne tenaient pas à priver les villageois d'une bête qui sans doute était utile à

1. Les elfes ne meurent pas, ils se transforment. C'est ce phénomène qu'on appelle la transfose.

leurs travaux. Errindha l'avait remerciée et lui avait demandé de regagner son pré. C'est seulement lorsque l'horizon montagneux, à l'est, commença à se teinter d'or et de bleu, qu'ils décidèrent une nouvelle halte. Ils quittèrent la route pour grimper sur une hauteur herbeuse, d'où ils espéraient apercevoir la capitale impériale. Une fois au sommet, c'est un fabuleux panorama qui s'offrit à leur regard, dépassant même en beauté ce qu'un Sentinelle avait coutume d'admirer depuis les hauteurs des Crocs d'Oriadith. Errindha en resta sans voix, de même que Kendhil, qui pourtant connaissait déjà la ville de l'empereur. Et ils s'assirent pour une longue contemplation.

Le soleil n'avait pas encore dardé au bord du monde ses rayons de cristal, que déjà la ville étincelait. Son centre s'élevait comme une colline ; c'étaient en vérité les dômes et les palais qui prenaient progressivement de la hauteur. La plupart des bâtiments étaient édifiés dans une pierre blanche, tandis que les toitures rivalisaient de verts, de rouges ou de bleus chatoyants. Une légende populaire racontait que si l'on s'élevait à très haute altitude au-dessus de la cité, cet ensemble de taches polychromes représentait le visage de l'empereur d'Isuldain. Kendhil songea, tout en étant conscient de sa naïveté, qu'en ultime recours, si sa quête n'avançait pas, il demanderait audience au souverain. Parce qu'il savait tout, disait-on, de son Empire et de ceux qui y vivent, jusqu'aux mystères des contrées les plus éloignées.

« Quel est donc ce mur qui semble ceindre toute la ville ? interrogea Errindha.

– Il remonte à l'époque des Grandes Guerres, expliqua Kendhil, quand les villes devaient se protéger des hordes de l'Obscur. Mais on s'est aperçu qu'il n'empêchait pas les invasions, pas plus que ceux que les humains des temps anciens ont construits sur les frontières nord de l'Empire.

– Et cette route ! J'ignorais qu'il pût en exister d'aussi larges. »

L'acuité visuelle des elfes Sentinelles vaut celle des grands rapaces avec lesquels ils ont fait alliance. Kendhil avait donc déjà remarqué une double voie, dont le terre-plein central était planté d'arbustes et de massifs de fleurs. La chaussée de droite était réservée au flux destiné à la capitale, la gauche à celui qui en sortait. Malgré l'heure matinale, une circulation dense de piétons, cavaliers, charrois et autres transports se dirigeait vers Éa-Kyrion.

Les elfes repérèrent, à l'instant même où ils apparurent, deux points noirs pareils à de gigantesques corbeaux, qui vinrent planer au-dessus de la route.

« Je suppose qu'il s'agit des redoutables gardiens volants dont Karlo ne ferait qu'une bouchée, suggéra Errindha.

– En effet. Ce sont des dragons d'Helfeu[1]. Ils doivent inspecter les arrivants du jour.

1. Helfeu constitue la partie centrale d'une vaste région de l'Empire, sauvage et inhospitalière, qu'on désigne sous le nom de « Mondes Glauques ».

– Comme c'est curieux ! Que craignent-ils donc ?

– Je n'en ai aucune idée. Peut-être le saurons-nous quand nous nous mêlerons à ce flot. »

Il se remit debout, désormais impatient d'affronter son destin, quels qu'en fussent les périls.

• 4 •

DANS LE FLUX DES VISITEURS DU JOUR

Les Sentinelles rejoignirent la route à double voie plus vite qu'ils ne l'auraient cru. Leur impatience à découvrir la vaste et fabuleuse capitale de l'Empire leur avait donné des ailes. Pourtant, une fois parmi les voyageurs qui avançaient avec lenteur et régularité, ils éprouvèrent un déplaisant sentiment d'insécurité. Par réflexe, sans se concerter, ils avaient dissimulé leur visage dans l'ombre de leur capuche et marchaient en serrant chacun la poignée de leur lame elfique. Ni l'un ni l'autre ne savait s'en servir, mais cela avait la vertu de les rassurer.

« Il n'y a que des humains, remarqua Errindha.

– En effet », approuva distraitement Kendhil, absorbé dans l'observation de ceux qui marchaient autour d'eux.

Ils suivaient une famille de paysans qui poussaient un petit troupeau de buffles bruns, exagérément gras. Au-delà, une colonne de marchands en habits longs aux couleurs vives, transportaient leurs biens sur le dos d'animaux ressemblant à des chevaux laineux. Malgré leur taille impressionnante, ces malheureux quadrupèdes croulaient sous une montagne de ballots. Derrière les elfes, à peu de distance, venait un important groupe de créatures d'apparence humaine, mais aux faciès inquiétants. Ils étaient couverts de peaux de bête et se montraient nerveux. Quelques-uns, parmi les plus robustes, étaient armés de longs gourdins torsadés qu'ils portaient sur l'épaule. Leur expression farouche laissait penser qu'ils avaient quitté une contrée particulièrement sauvage pour venir commercer à la capitale, car ils escortaient une charrette bâchée qui devait contenir une précieuse marchandise à troquer. En dehors de ces groupes, fort nombreux, il y avait les piétons solitaires et les cavaliers, souvent chargés d'un lourd bagage.

Ainsi voyait-on se côtoyer dans le silence et la méfiance réciproque des humains de toutes races et de toutes tribus. Outre les marchands et autres marcheurs des quatre coins de l'Empire, la foule comptait quelques soldats, ainsi que des fonctionnaires de l'administration impériale, reconnaissables au signe de l'empereur brodé sur l'épaule gauche de leurs vêtements. Kendhil songea que, mêlés à ces gens, devaient certainement se trouver toute sorte de voleurs et autres fripons. Il raffermit ses doigts sur la garde de son épée.

Errindha observait discrètement sur sa gauche un intrigant jeune homme roux, aux cheveux très courts, assez petit, la démarche souple et pourtant très nerveux... Les bras croisés sur sa houppelande de toile grise, il semblait trépigner, comme s'il voulait courir après quelqu'un ou quelque chose, mais en était empêché. Ils échangèrent des regards furtifs, jusqu'à ce que l'individu s'enhardisse à lui adresser la parole, avec un visage plutôt amical :

« Ça coince, aujourd'hui ! »

N'étant pas sûre d'avoir compris le propos, l'elfide préféra ne pas donner la réplique et tira sur le bord de sa capuche afin de rompre la communication visuelle. Cela lui permit de faire un peu plus attention à ses pieds, car les grandes dalles de pierre qui formaient la chaussée n'étaient pas toujours bien ajustées, créant des décrochements parfois dangereux pour les chevilles.

« Nous aurions peut-être dû demander au cheval de nous mener jusqu'à la ville, souffla-t-elle à Kendhil.

– Tu es fatiguée ? s'inquiéta son compagnon.

– D'une certaine manière, oui. J'ai mal aux pieds et nos montagnes me manquent.

– Nous serons vite revenus chez nous. Je n'ai aucune envie de m'attarder plus que nécessaire. »

Inexplicablement, malgré le comportement paisible des voyageurs autour d'eux, Kendhil percevait une tension qui laissait craindre à tout moment des débordements. À cet instant précis, une agitation vers l'arrière l'alerta. Il rejeta sa capuche sur sa nuque et se retourna. Des cavaliers étaient en train de forcer le passage, le long du terre-plein central. Ils poussaient des cris et, à grands gestes, ordonnaient aux gens de s'écarter, ce que faisaient ces derniers sans protester. Et pour cause...

« Ce sont des chevaliers d'Isuldain ! » s'exclama Kendhil.

Ces guerriers d'élite constituaient l'armée personnelle de l'empereur. Leur prestige était tel, que la rumeur populaire leur attribuait de manière fantasque quantité de qualités extraordinaires, voire de pouvoirs surnaturels. On les identifiait à leur uniforme bleu azur, taillé dans une toile épaisse et cependant légère, à leur plastron d'armure et à leur casque de métal doré, surmonté d'une crête de fourrure bleue. Une dizaine d'entre eux ouvraient la route à un énorme fourgon de métal noir, ne comportant qu'une étroite lucarne carrée sur chacune des parois. Une seconde escouade de chevaliers assurait la protection arrière.

« Que transportent-ils ? » interrogea Errindha.

Kendhil ne put lui répondre qu'il n'en savait évidemment rien, car ils durent se pousser à leur tour sur le bas-côté pour laisser avancer le convoi. Plusieurs des cavaliers de tête baissèrent leur regard autoritaire sur les deux Sentinelles, comme si ces derniers détonnaient au milieu de cette foule bigarrée. Leur approche tumultueuse causa un mouvement d'affolement parmi le troupeau de buffles gras, ce qui les obligea à s'arrêter. Les elfes perçurent alors une odeur qui leur inspira aussitôt une peur viscérale sur laquelle ils pouvaient mettre un nom. Errindha s'empara du bras de son ami et le serra avec force.

« Kendhil, est-ce qu'ils transportent un orque ? »

L'elfon allait confirmer, quand le fourgon fut secoué par un violent coup porté contre la porte arrière. Une paire d'yeux apparut soudain dans la lucarne, des prunelles ténébreuses, saisissantes de sauvagerie et de haine. L'attelage s'ébranla, puis s'éloigna rapidement. Dans son sillage, les voyageurs reprenaient leur cheminement, sans commentaire, comme si rien ne s'était passé.

« Était-ce vraiment un orque ? » s'enquit à nouveau Errindha.

Son compagnon en avait vu, puisqu'il les avait combattus lors d'une précédente expédition[1]. Pourtant, il fut embarrassé pour répondre :

« Je ne sais pas. Cela y ressemblait, c'est tout ce que je peux te dire.

– C'était un orque-troll, intervint le jeune homme impatient qui était toujours à leur hauteur. Vous n'étiez pas au courant ? Les chevaliers de l'empereur l'ont capturé à plus de dix lieues de la frontière avec l'Obscur. Vous vous rendez compte ! Il paraît que c'est un avertissement. (Il marqua une courte pause, puis tenta d'engager plus avant la conversation.) Et vous, vous venez d'où ?

– D'un endroit qui s'appelle nulle part », éluda Kendhil.

L'individu hocha la tête.

« Je vois. Vous êtes en mission secrète. Comme moi. Je vais chercher du camphre d'Asquazide pour

1. Voir *Les Maraudeurs d'Isuldain*, dans la même collection.

mon maître. Je suis le Premier valet de sa seigneurie d'Othlomb, vous le connaissez ? »

Les elfes ne prirent pas la peine de répondre, pas même d'un signe de tête. Mais cette méfiance exagérée, voire discourtoise, n'empêcha pas l'importun de persévérer, avec espièglerie :

« Moi, je m'appelle Nimportequi, mais j'ai un surnom : Lafouine, celui qui vous déniche tout ce que vous voulez. »

Kendhil esquissa un sourire en coin et répliqua :

« Honneur à vous, seigneur Nimportequi, et bonne journée ! »

Puis il suggéra d'un regard à Errindha de s'éloigner.

« Il était temps que nous accélérions le pas, souffla l'elfide tandis qu'ils se déportaient sur le côté gauche pour doubler les gens qui les précédaient. Je commençais à me sentir mal, à piétiner ainsi. »

• 5 •
LA CONFRÉRIE DES MAGICIENS

Les Sentinelles ne s'attendaient pas au déchaînement de protestations que provoqua leur initiative. Les cris et les insultes fusèrent. Un gros humain velu vint même attraper Kendhil par un bras pour l'obliger à s'arrêter, l'invectivant dans un dialecte aux accents rauques. L'elfe put lui faire lâcher prise en lui montrant sa dague, mais pas le faire taire.

« Mille feuilles ! Qu'est-ce qui leur prend ? » s'interrogea-t-il à voix haute.

Errindha tenta une explication :

« Je me souviens de ce que nous ont appris nos instructeurs à propos de l'agressivité naturelle des hommes. Nous en avons sans doute là une bruyante démonstration.

– La raison en est bien plus simple, charmants voyageurs, il est interdit de doubler quand la route d'Éa-Kyrion est encombrée. »

Les elfes se retournèrent pour regarder celui qui venait de parler, le surnommé Lafouine.

« Pourquoi cela ? s'étonna Kendhil.

– Parce que tout le monde a envie de le faire.

– Nous voulons seulement rentrer plus vite chez nous, argumenta l'elfon, candide.

– Moi, je suis juste pressé d'aller me mettre les pieds sous la table d'une auberge où l'on fait le meilleur chien grillé de l'Empire. Et pourtant, voyez, je suis là, moi aussi, à ronger mon frein.

– Que se passera-t-il si nous doublons quand même ? s'enquit Errindha.

– Vous provoquerez des altercations, qui déclencheront des échauffourées et des mouvements de foule. Heureusement, avant que ça tourne à l'émeute, les sergents de voirie et les dragons de l'empereur arriveront. Ils arracheront quelques bras et quelques têtes... La routine, en somme. Mais dites-vous qu'une fois le calme revenu, ils chercheront à savoir qui a provoqué ce désordre. »

La cause était entendue ; les elfes Sentinelles se plieraient aux lois de la circulation, même si ce n'était pas une mince épreuve.

Après deux heures interminables à piétiner et à supporter les bavardages du brave Lafouine, les Sentinelles atteignirent les faubourgs de la capitale, un enchevêtrement inextricable de maisons de pierre blanche, aux toits vernissés de tuiles colorées. Enfin, ils franchirent le rempart par un monumental porche de bronze. La pression populaire se relâcha un peu et ils purent marcher normalement.

« C'est donc ici que nos routes doivent se séparer, annonça Lafouine, comme à regret. Si vous avez besoin de quoi que ce soit, vous pourrez me trouver à l'hostellerie du Dragon d'or, voie Kazar. Vous vous souviendrez ? Le Dragon d'or, voie Kazar.

– Merci, ami Lafouine, répondit Kendhil, nous irons vous voir en cas de besoin. »

Le jeune homme baissa le regard, puis révéla :

« Mon vrai nom, c'est Gastien Lazi. Lafouine, c'est plutôt un sobriquet pour ceux qui me trouvent un peu trop curieux. (Il émit un rire léger, puis s'excusa.) J'appartiens à une longue lignée de conteurs et de chroniqueurs. Je suis le dernier et celui qui a mal tourné en devenant simple valet de chambre. Mais bon... »

Il eut un sourire triste, puis retrouva soudain son entrain naturel :

« Dites, on ne va pas se quitter comme ça ! Et si vous veniez avec moi ? Avez-vous un point de chute à Éa-Kyrion ?

– Un seul endroit nous importe, répliqua Kendhil, le palais du Magistrum. Sauriez-vous nous y conduire ?

– Chez les Magiciens ? réagit le jeune homme avec une expression de crainte et d'embarras mêlés. Qu'avez-vous donc à faire dans ce coin ?

– Rien qui puisse vous intéresser. Nous guiderez-vous ? »

Gastien plongea en une révérence que les elfes trouvèrent un peu grotesque :

« Je suis votre humble serviteur ! Si Vos Seigneuries veulent bien me suivre. »

Le trio se tenait sur une immense place en demi-lune, d'où partaient trois grandes avenues et plusieurs rues. Des marchands ambulants offraient aux passants diverses denrées à grignoter ou des pièces de vêtement, tels ces foulards et ces bourses de cuir qui attirèrent l'attention de Kendhil. L'endroit était animé et un peu trop fréquenté pour des elfes qui n'ont guère l'occasion de côtoyer autant de créatures à la fois, mais il y régnait une atmosphère paisible. Le Sentinelle remarqua également que le dallage gris du sol était parfaitement jointé et propre, ce qui n'était pas le cas dans toutes les cités de l'Empire ni sur toutes les routes. Errindha s'intéressa aux curieuses robes colorées que portaient certaines habitantes. C'était un arrangement savant et plutôt seyant de longs voiles légers, pour certains pareils à des brumes irisées. L'elfide voulut demander à Gastien où l'on pouvait se procurer de tels vêtements, mais il s'éloignait déjà avec Kendhil. Elle remit à plus tard cette préoccupation secondaire... pas trop tard quand même.

Sur les talons d'un guide qui leur paraissait désormais précieux, les Sentinelles s'engagèrent dans l'une des trois avenues menant au loin à une esplanade que l'on devinait vaste. Quantité de véhicules tirés par des chevaux ou des bœufs, dont de curieuses voitures à deux places en forme de coquille d'escargot, se partageaient la chaussée. Les cavaliers utilisaient une voie qui leur était apparemment réservée et leur permettait de circuler plus rapidement. Les piétons aussi disposaient de chaque côté de l'avenue d'un espace légèrement surélevé, courant le long des maisons. Ainsi pouvaient-ils déambuler librement et s'arrêter devant les échoppes. D'une grande diversité, celles-ci se succédaient à touche-touche, offrant aux chalands tout ce que l'Empire pouvait proposer pour se nourrir, se vêtir, s'armer... se divertir.

En chemin, Gastien eut la charmante attention d'offrir à chacun de ses nouveaux amis un délicieux biscuit rond, joliment nommé « craquette », si croustillant que les elfes s'amusèrent beaucoup des bruits qu'il produisait dans leur bouche. Ils marchèrent ainsi un long moment, oubliant presque leur but, jusqu'à ce qu'enfin le jeune guide annonce :

« Nous y sommes ! »

Ils venaient de déboucher sur une esplanade, bordée d'un parc arboré. La grille qui cernait ce dernier suggérait à elle seule qu'on se trouvait devant l'un des hauts lieux de la capitale. S'élevant à plusieurs mètres, ses volutes de métal reproduisaient des entrelacs végétaux, dont chaque feuille était d'un doré rutilant. Les deux battants de l'entrée étaient grands ouverts et gardés par des soldats en uniforme rouge, portant plastron et casque cuivré, et en main une lance effilée. Leur nonchalance n'était qu'apparente, car ils repérèrent dès leur apparition les deux individus en cape vert sombre et le petit homme en habit de serviteur qui les accompagnait. Au-delà des grilles, les massifs végétaux et les arbres majestueux ne laissaient entrevoir que la silhouette des somptueux édifices de pierre blanche, dont ils formaient l'écrin. Une large allée, pavée d'un surprenant granit rose, s'enfonçait comme une route sinueuse dans le parc.

Kendhil interrogea leur guide :

« Que savez-vous sur ce palais ?

– Comme tout le monde, pas grand-chose. On le surnomme parfois l'Antre aux mortels secrets, c'est vous dire ! En fait, il y a deux corps de bâtiment : le palais de la Confrérie en lui-même, avec ses dépendances, et le Collège. Vous y trouverez tous les Magiciens que vous voudrez, du plus insignifiant, genre vieillard en fin de carrière qu'on a mis au placard dans un bureau, jusqu'au tout premier d'entre eux, Exion II.

– C'est celui-là que je veux rencontrer ! affirma Kendhil avec une autorité qui surprit sa compagne.

– Holà, monseigneur ! Même si vous étiez un elfe, je doute que ce soit seulement imaginable. »

Le jeune homme regarda alors Kendhil avec des yeux de hibou. L'elfon venait de soulever sa chevelure, afin de lui montrer ses oreilles.

« Alors ça ! Comment ai-je pu ne pas m'en apercevoir ?

– Si vous parliez moins et observiez davantage, cela ne vous aurait pas échappé, expliqua Errindha, avec un froncement de sourcils tout à fait charmant.

– Vous avez raison, s'excusa Gastien en secouant la tête, on devrait plutôt m'appeler le Pipelot. Donc, que disais-je... ? Ah oui ! le grand maître des Magiciens... Non, seigneur Kendhil, n'y comptez pas. À la rigueur, un frère de la Maison pourrait peut-être vous recevoir, et encore... La Maison, c'est l'intendance du palais.

– Si je peux voir un frère d'Exion II, cela me convient », se contenta Kendhil.

Gastien éclata de rire, créant le trouble chez les Sentinelles.

« Pardonnez-moi, seigneur, c'est... c'est nerveux. Le frère en question n'est pas plus le frère du grand maître que vous le mien ! En fait, ils sont tous frères, parce qu'ils appartiennent à une confrérie. La confrérie des Magiciens est très hiérarchisée, selon un système de cercles concentriques. Le Premier cercle, le plus restreint, ne compte qu'une trentaine de membres, dont ce fameux Magistrum. Vous me suivez ? Il faut bien vous dire que ce sont des gens qui vivent dans leur boule... de cristal ! (Il pouffa à son bon mot.) Complètement coupés de la population. Ils cultivent le secret comme moi la joie de vivre. Avec eux, tout est compliqué : parler, causer, bavarder, discuter... C'est pourquoi personne ne les aime, bien que l'Empire ne puisse s'en passer.

– Pourquoi ? demanda Kendhil.

– Parce que ce sont des Magiciens, pardi ! S'ils n'étaient pas là, il est certain que ce seraient les Sorciers qui occuperaient la place. Vous imaginez un peu ? »

Devant l'air ingénu de ses nouveaux amis, Kendhil réalisa qu'il avait affaire à des elfes ignorant tout ou presque de l'organisation de l'Empire. Il soupira de découragement.

« Je vois. Il faudrait vous faire un cours sur les Magiciens, les Sorciers et le reste. (Il se gratta le crâne.) Franchement, je ne suis pas doué pour ce genre de travail, et puis j'ai un chien grillé qui m'attend au Dragon d'or. En revanche, ça me donne une idée... Oui, je crois que je sais comment faire pour vous mettre au courant, et peut-être même vous aider à trouver ce que vous cherchez. »

Les elfes échangèrent un regard et une même pensée : ce jeune Lafouine devenait de plus en plus sympathique.

• 6 •
LE NOVICE ORHASS

Sur un clin d'œil, Gastien quitta les Sentinelles pour aller se poster près de l'entrée du parc. Une brève explication avec l'un des gardes suffit à rassurer celui-ci qui se désintéressa du jeune homme.

« Que fait-il ? interrogea Errindha.

– Si j'étais devin, je pourrais te le dire. Je suppose qu'il attend le passage d'un Magicien pour l'aborder. »

Bientôt, débouchèrent d'une rue deux hommes d'un certain âge, vêtus de la toge et de la coiffe écarlates de l'ordre des Magiciens. Chacun tenait un long bâton de marche torsadé, orné d'une demi-sphère en cristal de roche. Ils franchirent la grille, sans un regard pour les huissiers qui les saluaient d'une respectueuse inclinaison du buste, puis ils disparurent dans le parc. Gastien n'avait même pas tenté de les approcher. Il adressa aux elfes un sourire pour les rassurer. Il fallait encore patienter.

Un long moment passa, quand soudain le garçon quitta son poste d'observation et s'avança jusqu'à l'entrée du parc. Il avait aperçu un groupe de jeunes gens fringants et de bonne humeur. Leur toge et leur couvre-chef carré étaient les mêmes que ceux des Magiciens, à cette notable différence qu'ils étaient d'un bordeaux plus ou moins sombre selon l'âge de celui qui les portait. Gastien choisit sa cible, puis s'avança pour l'interpeller. La conversation commença mal, car le collégien repoussa l'importun d'un geste menaçant. Mais Gastien devait être expert dans l'art de renverser les situations, puisqu'il parvint en peu de mots à intriguer suffisamment l'apprenti Magicien pour qu'il laisse filer ses condisciples. Il concentra alors son attention sur les Sentinelles que le jeune inconnu lui désignait de l'index, hésita encore, et finit par acquiescer d'un bref hochement de tête.

« Il semble que l'on parle de nous, déduisit Errindha. Nous devrions peut-être nous approcher.

– Bonne idée », approuva Kendhil.

L'apprenti Magicien était à l'évidence troublé et parvenait bien maladroitement à le dissimuler sous une attitude hautaine. C'était un adolescent à la belle chevelure châtaine, mi-longue et ondulante, tirée en arrière. Ses yeux foncés, presque noirs, trahissaient une nuance de brutalité que les elfes n'apprécièrent pas. Mais ceux-ci avaient assez de sagesse pour savoir ne pas juger d'après les apparences.

Gastien fit les présentations, poussant inutilement sur l'obséquiosité :

« Voici, seigneur novice, Kendhil et Errindha, deux représentants de la noble communauté des Sentinelles d'Oriadith. »

Les elfes se laissèrent jauger par le collégien, attendant qu'il daigne donner son verdict.

« Je m'appelle Orhass, je suis un novice de deuxième année, se présenta-t-il comme s'il s'adressait à des militaires. Ainsi, d'après ce garçon, vous seriez des elfes ? »

Kendhil acquiesça en s'efforçant de paraître aussi bienveillant que possible.

« Vous êtes Magicien ? demanda-t-il.

– Novice.

– Cela veut dire étudiant ou élève », crut bon de préciser Gastien.

Orhass jeta une œillade agacée au jeune valet, puis reprit :

« Il me dit que vous souhaitez entrer en contact avec un Magicien, si possible du Premier cercle. Voilà qui est plutôt... comment dire ? insolite. Peut-on savoir ce que vous avez à lui dire ?

– À lui dire, rien, répondit Kendhil, provoquant chez son interlocuteur un froncement de sourcils qui rendit son expression presque méchante. En revanche, j'ai quelques questions à lui poser.

– Il faudrait peut-être, avant cela, les instruire sur votre confrérie, seigneur novice, suggéra Gastien, parce qu'ils arrivent de leurs montagnes et...

– Au fait, ami Lafouine, ne nous disiez-vous pas que vous aviez rendez-vous avec un chien ? » le coupa Errindha.

Dans sa candeur elfique, elle pensait sincèrement qu'ils abusaient du temps de ce serviable personnage.

Une ombre de déception passa sur le visage de ce dernier :

« Oui, pardon, je vois que maintenant je gêne. Vous savez où me trouver en cas de besoin. »

Kendhil, qui avait un peu plus d'expérience en matière de relations humaines, se rendit compte de la situation. Car les elfes, dont la plupart vivent en dehors des sociétés humaines, n'ont aucune malice, ne savent pas manier le langage à double sens et moins encore mentir, aptitude que l'elfon avait commencé à développer lors de son premier séjour dans le monde des hommes[1].

« Il ne faut pas vous méprendre, Gastien, Errindha et moi aurions préféré que vous restiez avec nous, expliqua Kendhil, mais nous savons que vous avez des obligations. »

Le novice observait la scène en se demandant s'il s'agissait d'une comédie. C'est alors que son regard croisa celui de la jeune Errindha et y resta accroché.

« Je n'avais jamais vu une telle couleur d'yeux », murmura-t-il, fasciné.

Les iris de Kendhil était pareillement vert sapin, tirant légèrement sur le marron, mais ils n'exerçaient visiblement pas la même attraction sur les humains, du moins de sexe masculin. Inexplicablement, cela l'irrita.

« Est-ce que nous pouvons parler quelque part, novice Orhass ? Sur l'un de ces bancs, par exemple ?

1. Voir *Les Maraudeurs d'Isuldain,* dans la même collection.

proposa-t-il en désignant l'un de ceux qui jalonnaient l'allée centrale du parc.

– J'ai bien mieux à vous proposer, s'exclama le novice. Suivez-moi ! »

Et comme Gastien hésitait, il lança en riant :

« Et toi aussi, l'ami ! »

Orhass conduisit les elfes et leur guide à travers les ruelles étroites du quartier du Magistrum, jusqu'à l'entrée d'une maison, dont la façade était décorée de fresques, certes fort belles, mais qui causèrent un certain malaise aux Sentinelles : il s'agissait de scènes de chasse, d'une grande brutalité aux yeux d'êtres de conscience aussi respectueux de la vie que les elfes.

« Quel est cet endroit ? » s'inquiéta Errindha.

Au-dessus de la porte en arcade était gravée l'inscription : AU RENDEZ-VOUS DE LA TOGE ROUGE.

« Un repère à carabins qu'il vaut mieux ne pas fréquenter si l'on n'est pas accompagné comme il convient, répondit Orhass d'une voie enjouée. Vous serez mes invités. Alors, pas de crainte. Entrons ! »

Il poussa la porte d'où s'échappa un brouhaha de rires et d'éclats de voix. Non sans une certaine réticence, les Sentinelles et Gastien franchirent le seuil sur ses talons. Dans un vestibule cossu, dont les murs étaient tendus de velours pourpre, une femme enveloppée de voiles roses, passementés d'or, s'avança aussitôt à leur rencontre. Elle accueillit les visiteurs avec des gestes aussi amples que ses sourires et ses compliments. Ensuite, elle introduisit le petit groupe dans une salle encombrée de tables rondes et de tabourets, presque tous occupés par des Magiciens novices, « uniquement des garçons », nota Errindha. Cette dernière fronça les sourcils, gênée par l'agitation et le bruit qui régnaient en ces lieux, d'autant plus suffocants pour des elfes qu'ils étaient sans ouverture. Kendhil était pareillement incommodé, mais sa curiosité accaparait toute son attention. Il s'immobilisa pour observer un spectacle des plus déroutants. Dans un coin de la salle où s'ouvrait une grande alcôve, dont le sol était surélevé de trois marches, deux novices se livraient à un jeu pouvant s'apparenter à une sorte de compétition à la finalité mystérieuse. Les adolescents se tenaient en lévitation au-dessus du parquet, dans une position suggérant qu'ils étaient confortablement installés dans d'invisibles fauteuils. En fait de confort, ils paraissaient plutôt souffrir d'un effort qui rougissait leurs pommettes et crispait leurs traits. Divers objets flottaient autour d'eux : tabourets, coiffes carrées de novice, bouteilles, seaux... Dans la salle, ceux qui s'intéressaient à l'affaire poussaient des cris d'encouragement, tandis que d'autres lançaient des quolibets ou des hurlements de bête. Un troisième garçon monta sur l'estrade, afin de placer quelques pouces au-dessus du front de chacun des compétiteurs un gobelet qui, à l'instar des autres accessoires, resta en lévitation. Quelques secondes passèrent, puis soudain le novice de droite céda, comme sous un poids devenu insoutenable. Il s'effondra, en même temps que les objets qui l'environnaient. Le gobelet rebondit sur son crâne et l'inonda d'un liquide rosé. La salle se déchaîna en applaudissements, éclats de rire et autres vociférations sauvages, sans doute pour féliciter le vainqueur de ce tournoi amical.

« Eh bien ! seigneur Kendhil, venez-vous ? » l'interpella Orhass en le tirant par le bras.

Après avoir installé ses invités autour d'une table, dans un recoin un peu plus calme, il commanda à la tenancière une cruche d'*eau de rosée*.

« Bien. Nous pouvons parler », dit-il ensuite, en se frottant les mains d'excitation.

Les regards furtifs qu'il lançait à droite et à gauche semblaient trahir sa fierté d'avoir à sa table des étrangers peu ordinaires. Leur entrée n'était d'ailleurs pas passée inaperçue, malgré le spectacle en cours.

« Si nous commencions par le plus intéressant. Que souhaitez-vous donc savoir, qu'un Magicien puisse vous révéler ? C'est une démarche déjà très inhabituelle pour n'importe quel sujet humain de l'empereur, alors pour un elfe... »

Kendhil plongea son regard dans celui du novice, comme pour en sonder l'âme. Mais c'est des profondeurs de la sienne que vint la réponse, sous forme d'avertissement. Il porta la main à sa poitrine, et se rendit compte, intuitivement, que c'était le pendentif de Mézandion que diffusait cet appel à la méfiance.

« Pourriez-vous nous parler de la confrérie des Magiciens ? éluda-t-il.

– Hum, vaste sujet.

– Pourquoi est-il si difficile de parler à un Magicien ?

– Ce n'est pas difficile, rétorqua Orhass, il faut simplement avoir quelque chose à lui dire qui soit assez élevé pour que cela le concerne. »

Il marqua une pause, avant de reprendre en se rengorgeant, comme s'il accordait une faveur à un manant :

« Notre confrérie est aussi ancienne que l'Empire, mais la Magie remonte à la création même du monde. La Magie, c'est "l'énergie du monde à la main de l'esprit", ainsi qu'on nous l'enseigne en première année. Regardez ce que fait celui-là, qui certainement obtiendra sa confirmation à la fin de l'année... »

Il désigna du regard une table voisine où un jeune homme se livrait à une stupéfiante activité : le coude sur la table, il montrait à ses amis, qui riaient et applaudissaient l'exploit, sa main transformée en torche de flammes vertes.

« La puissance de son esprit oblige ce qu'on appelle le *feu d'émeraude* à lui obéir. Et voyez ce que moi je suis déjà capable d'accomplir. »

Il redressa le buste, prit son souffle, puis se concentra sur la coupelle de terre cuite posée au centre de la table.

« Soucoupe, plume au vent ! »

Il accompagna sa formule d'un geste vif de l'index, comme s'il ordonnait à l'objet de s'élever. La coupelle vibra, se maintint en suspension à quelques centimètres de hauteur, puis brusquement elle retomba et se brisa en deux. Déconfit, le novice se justifia :

« Je ne suis qu'en deuxième année. Mais à la fin de mes études, quand je serai confirmé Magicien, je serai capable de commander à la plupart des forces visibles et invisibles de la nature. J'aurai atteint le premier niveau du Magistrum, c'est-à-dire de la maîtrise. Alors, je serai en droit de siéger dans le Huitième cercle. »

Ses yeux brillaient d'exaltation et il était évident qu'il ne parlait plus qu'à lui-même. Sur ces entrefaites, l'eau de rosée fut servie et se révéla un breuvage léger et délicieux.

« Attention, ça monte vite à la tête, prévint Gastien, s'adressant aux elfes.

– Bon, maintenant, à vous de parler, seigneur elfe, déclara Orhass. Qu'attendez-vous d'un Magicien, en admettant que je réussisse à vous en faire rencontrer un ?

– Connaissez-vous Mézandion ? (Orhass répondit par une moue d'ignorance.) C'est pour obtenir des informations sur cet homme, qui fut Magicien, que je souhaite rencontrer un membre de votre confrérie, un ancien et de rang élevé si possible.

– Pourquoi ce Mézandion vous intéresse-t-il ?

– Parce que... »

Kendhil s'interrompit. Il voulut interroger Errindha du regard, mais celle-ci se laissait distraire par un étudiant qui, à une table voisine, s'amusait à faire valser des couverts.

« Parce que c'est un homme qui m'a sauvé la vie alors que j'étais elfant », expliqua-t-il.

La démarche parut singulière au novice, mais il ne jugea pas nécessaire d'insister.

« Très bien, je vais essayer d'en parler à l'un de mes maîtres-instructeurs. Mais qu'est-ce que cela me rapportera, à moi ? »

Les Sentinelles eurent un haussement de sourcils incrédule. Les humains étaient décidément des créatures déconcertantes.

• 7 •
À LA RENCONTRE D'EZHÉMÉDION

Une fois la cruche vidée, Orhass annonça qu'il devait rejoindre des amis installés à une autre table. Ensuite, comme on congédie des serviteurs, il demanda à ses invités de se retirer, puisqu'ils n'avaient plus rien à faire à la Toge rouge. Il leur donna rendez-vous pour le lendemain matin, à l'entrée du parc du Magistrum. Avant de tourner les talons, il crut bon d'ajouter, à l'intention de Kendhil :

« Mais je dois vous prévenir que vos chances d'intéresser un Magicien sont quasi nulles. »

Il baissa les yeux sur la dague elfique que le Sentinelle portait à la ceinture, puis ajouta comme pour lui-même :

« Et je le regretterai, car une si belle lame m'aurait comblé. »

En paiement de son aide, Kendhil lui avait promis l'épée qu'il avait reçue d'un de ses aînés, comme il était de coutume chez les Sentinelles pour marquer l'entrée dans le troisième âge elfique. C'était un coût exorbitant pour un service finalement bien mince, mais la poursuite de sa quête était à ce prix.

Dès qu'ils furent de nouveau dans la rue, Gastien reprit son rôle de guide :

« Maintenant, les amis, il va falloir vous trouver un logement pour la nuit.

– L'hostellerie du Dragon d'or, voie Kazar ? suggéra Errindha.

– Oui, enfin... non. C'est payant. »

Les elfes le dévisagèrent, impavides. Le message passa quand même, limpide comme de l'eau de source :

« Bon, j'ai compris, soupira le jeune homme. On dira que pour une fois, l'argent de mon maître aura servi à quelque chose d'utile. »

Il retrouva son air enjoué et tous trois se mirent en marche. En chemin, Kendhil voulut savoir comment Karlo vivait son attente, quelque part à l'est de la capitale :

« Peux-tu interroger Orso ?

– Bien sûr, approuva Errindha. J'y pensais justement. »

L'elfide s'immobilisa, afin de faciliter sa concentration. Elle put ainsi se rendre compte de la situation à travers les yeux de son aigle. Très vite, une expression radieuse illumina son visage.

« Ils jouent, annonça-t-elle en riant. Ils sont au-dessus d'un lac scintillant... Karlo apprend à Orso à voler sur le dos, mais je crois que ce n'est pas gagné. »

Rassurés, les deux elfes rattrapèrent leur guide, dont l'entrain faisait plaisir à voir.

Après une rapide installation dans l'une des chambres de l'hostellerie, les Sentinelles eurent droit à une visite commentée fort instructive de la capitale impériale. Assez vite pourtant, ils souhaitèrent rentrer, car ils goûtaient peu l'agitation des villes humaines.

L'impatience produisait sur Kendhil sa cohorte d'effets négatifs : nervosité, morosité, inquiétude... L'approche de l'heure du rendez-vous, le lendemain matin, aurait dû l'apaiser. Elle ne fit qu'accroître sa mauvaise humeur, au point qu'il en devint désagréable.

« Kendhil, il faut te calmer, l'enjoignit Errindha que ce comportement indisposait. Il n'est pas normal pour un Sentinelle de s'agiter ainsi. »

L'elfon cessa de tourner en rond dans la chambre où ils attendaient le retour de Gastien, avec l'espoir qu'il vienne rapidement les chercher pour les conduire au palais du Magistrum.

« Je sais, je sais, grommela-t-il, mais c'est plus fort que moi. C'est comme si j'avais une boule d'énergie, là, prisonnière dans mon estomac.

– Est-ce que la perle de Mézandion pourrait en être la cause ? »

Kendhil fronça les sourcils. Il n'avait pas envisagé cette hypothèse, alors qu'il ne cessait d'entendre une voix intérieure le suppliant de ne pas aller à ce rendez-vous.

« Possible », admit-il.

Il observa sa compagne, qui s'était assise au bord du lit. Tendue à l'extrême, elle gardait les poings fermés d'anxiété sur ses genoux.

« Si Orhass parvient à me faire rencontrer un Magicien, reprit-il, il faudra me laisser y aller seul. »

Errindha le regarda sans réagir, lui signifiant ainsi son refus non négociable. Kendhil grommela un vague mécontentement, alors qu'en son for intérieur il avait du mal à envisager une telle séparation. Il vint s'asseoir près de son amie, puis la serra contre lui. Cette douce étreinte eut l'effet inattendu de les apaiser tous les deux. C'est alors que Gastien surgit dans la chambre :

« Pardon, j'ai failli être en retard ! Allons-y, les amis, nous avons tout juste le temps avant la sortie des novices. »

Quand ils arrivèrent, en courant, Orhass était déjà là, à l'entrée du parc, à trépigner d'impatience sur le trottoir. Apercevant les elfes, son mécontentement laissa place à un sourire annonciateur de bonne nouvelle.

« Salut, seigneur Kendhil, lança-t-il joyeusement. J'ai réussi, vous me devez votre dague !

– Vous avez pu parler à un Magicien ? De quel cercle ? s'empressa de demander l'elfe.

– Du Premier ! Mais oui, c'est formidable, n'est-ce pas ? Il a suffi que je prononce ce nom que vous m'avez donné hier, Mézandion, pour qu'aussitôt mon maître en parle à son maître qui en a parlé à Ezhémédion, l'un des Trente de notre confrérie. Un Magicien du Premier cercle, c'est incroyable ! Il faut se hâter, car il vous attend dans son cabinet de travail. »

Kendhil se tourna vers Gastien :

« Nous te remercions pour ton aide. Désolé de t'avoir contraint à puiser dans l'argent que ton maître t'avait donné.

– Oh non, au contraire ! Ça m'a obligé à négocier plus serré l'achat de mon camphre d'Asquazide. Je vous attendrai au Dragon d'or, au moins jusqu'à demain. Mais bon, vous m'aurez sûrement oublié dans une heure. »

Il eut un sourire triste, puis tourna les talons et s'enfuit.

« Nous vous suivons, Orhass, déclara Kendhil.

– Et ma dague ! » réclama le novice.

L'elfe le poignarda du regard.

« Après l'entrevue, répliqua-t-il sèchement.

– Après ? C'est que...

– Que quoi ?

– Vous ne me faites pas confiance ?

– Non, répondit Kendhil du tac au tac. Est-ce que nous pouvons y aller ? Il ne faudrait pas faire attendre cet Ezhémédion. »

Contrarié mais résigné, le jeune homme mena les elfes à travers le parc, jusqu'à l'entrée principale du palais, gardée par deux miliciens en uniforme rouge. Kendhil marqua un temps d'arrêt avant d'entrer derrière son guide dans le bâtiment. Il examina la haute façade, comme s'il devait en mémoriser les moindres recoins pour une éventuelle évasion. Si cela devait se produire, même pour un Sentinelle dont l'agilité était légendaire, l'opération s'avèrerait hautement périlleuse, le mur d'albâtre étant parfaitement lisse. Seuls des bas-reliefs autour des fenêtres constitueraient de possibles appuis.

« Alors, seigneur Kendhil, on rêve ? s'impatienta le novice. Dépêchez-vous, s'il vous plaît ! »

L'elfe n'aima pas ce ton péremptoire de petit professeur, mais obéit. Errindha, qui avait franchi le seuil, était déjà comme un animal aux abois, prête à fuir ou attaquer selon ce que son instinct lui commanderait. Ils traversèrent un hall immense que surplombait une haute voûte de verre, de laquelle tombait une abondante lumière cristalline. De nombreuses plantes en pot occupaient l'espace, atténuant le caractère froid et solennel du lieu. Orhass guida les Sentinelles jusqu'au pied d'un large escalier de marbre blanc qu'ils grimpèrent rapidement, puis le long d'un interminable couloir rectiligne, dont le sol était recouvert d'un moelleux tapis rouge carmin. Enfin, il s'arrêta devant une porte de bois sculpté et ne bougea plus.

Le palais du Magistrum était majestueux et se voulait accueillant, mais les elfes ne le perçurent que pompeux. Rien à voir avec celui, si chaleureux, de l'empereur. Sans doute l'influence des elfes qui conseillaient Isuldain y était-elle pour beaucoup.

Orhass ne paraissant toujours pas décidé à frapper, Kendhil s'impatienta :

« Qu'est-ce qui se passe ? Nous n'entrons pas ?

– Ça va venir, quand le maître sera disponible. »

Un moment passa, dans un silence tendu. Puis tout à coup les deux battants de l'huis s'ouvrirent seuls, comme par magie, sur une pièce somptueusement décorée.

« Entrez ! » lança à l'intérieur une voix puissante et cassante.

• 8 •
L'EFFROI D'EZHÉMÉDION

Orhass pénétra seul dans le cabinet de travail du Magicien. Il s'arrêta à quelques pas de la porte pour exécuter une génuflexion.

« Mon bon maître, voici les elfes qui souhaitent des renseignements sur Mézandion.

– Ne prononcez pas ce nom impie ! le tança sévèrement la voix. Qu'ils entrent ! Quant à vous, novice Orhass, retournez à vos obligations. »

Le jeune homme sortit tel un élève fautif, adressant au passage un regard noir aux Sentinelles, comme s'ils avaient pu être la cause de potentiels ennuis. Kendhil se pencha pour glisser à l'oreille de sa compagne :

« Si je me tourne vers toi et te dis : "Il est temps de rentrer chez nous", ne te pose pas de question, fuis.

– Sans toi ?

– Je serai sur tes talons. »

Ayant échangé un léger sourire d'encouragement, les deux elfes pénétrèrent dans le cabinet. La porte se referma toute seule derrière eux. Ezhémédion était debout devant un immense bureau de bois blanc. Il tenait en main droite un long bâton finement ouvragé, dont le pommeau de cristal à hauteur de son épaule brillait sous la lumière du jour, qui pénétrait en abondance par les hautes fenêtres rectangulaires. Il portait la coiffe carrée de son ordre sur un crâne rasé ou chauve. Ses yeux sombres dardaient un regard qui se voulait d'une sagacité acérée, mais ne reflétait que la complexité d'un esprit retors. Les elfes surent instantanément qu'ils ne devaient en rien faire confiance à cet individu. Sans doute ce dernier devina-t-il leurs pensées, car il attaqua d'entrée de jeu :

« Si vous n'avez accompli aucune faute envers l'ordre impérial, vous n'avez rien à redouter de moi. Alors détendez-vous, damelle et seigneur Sentinelles. »

Errindha n'avait jamais été désignée par cette appellation, pourtant usuelle dans l'Empire lorsqu'un humain s'adressait à une elfe. Elle en fut à la fois troublée et amusée. Kendhil était à l'inverse plus nerveux que jamais, se livrant à une lutte intérieure qui en devenait presque douloureuse. Il préféra garder le silence, se souvenant d'un conseil de Guenth l'Ancien à propos de l'art de la négociation : « Le premier qui parle est un imbécile. » Cette pensée l'aida à reprendre un peu le dessus sur son agitation.

« Vous avez confié à notre novice Orhass la mission d'entrer en contact avec un membre de notre ordre. Voilà qui est accompli. Je vous écoute. »

Lui aussi était tendu, remarquèrent les elfes. Fallait-il que cette entrevue présentât un caractère exceptionnel ? Kendhil choisit la prudence pour commencer :

« Un des nôtres m'a parlé un jour d'un homme qu'il avait rencontré, un Magicien nommé Mézandion. (À l'énoncé de ce nom, les traits d'Ezhémédion se crispèrent imperceptiblement.) Ce personnage semblait entouré de bien des mystères, dont l'un m'intéresse. C'est pourquoi je souhaite obtenir des informations qui puissent m'éclairer. Connaissiez-vous ce Magicien ?

– Vous en parlez au passé. J'en déduis que vous savez au moins une chose sur lui, qu'il n'est plus de ce monde.

– En effet.

– Comment cela se peut-il ?

– C'est lui qui me l'a dit. »

Les yeux du Magicien s'agrandirent d'étonnement :

« En rêve ?

– En quelque sorte, oui, louvoya Kendhil. Qu'a-t-il fait de si grave pour que son nom devienne "impie" ?

– Disons qu'il a trahi les préceptes les plus fondamentaux de son ordre.

– C'est-à-dire ?

– Abordons plutôt le mystère qui vous intéresse. Je serais honoré de pouvoir vous aider à l'éclaircir.

– Il serait lié à cette trahison. Je crois que si vous m'en parliez, je pourrais progresser. »

Ezhémédion plissa légèrement les yeux de perplexité.

« Permettez-moi une question, seigneur Kendhil : que cherchez-vous au juste ? Ce que je sais du traître et ce que vous êtes ne vont pas davantage ensemble que la sorcellerie et la sagesse. »

Kendhil ne sut quoi répondre, car effectivement, il était parfaitement incongru qu'un elfe Sentinelle pût porter le moindre intérêt à un être humain. Aucune circonstance naturelle ne pouvait les réunir, pas même le hasard. Or, dévoiler l'objet véritable de sa quête était dangereux, il fallait donc le taire. Le silence fut sa réponse. Ezhémédion parut ne pas s'en formaliser. Il approcha pour examiner l'elfon de plus près.

« Il faut que vous ayez une bonne raison, dit-il comme s'il réfléchissait tout haut. Une raison personnelle, intime même... »

Il était si proche de Kendhil que celui-ci dut reculer. Le Magicien leva son bâton et il sembla qu'un rayon lumineux fusait de la demi-sphère de cristal pour éblouir l'elfe. Ce n'était qu'une illusion d'optique, car Errindha ne le remarqua pas.

« Qui êtes-vous, seigneur Kendhil ? Qui êtes-vous, vraiment ? » répétait l'homme qui avait ancré son regard inquisiteur dans l'esprit de l'elfe pour en extirper la vérité.

Soudain, son expression changea, tandis qu'au même instant le Sentinelle entendait la voix de l'instinct hurler en lui : « Tu es en danger, Kendhil ! Fuis ! »

« Par les foudres du feu primordial, c'est impossible, murmura Ezhémédion. Ces yeux... ces yeux, ce sont ceux de... »

Effrayé, le Magicien recula. Il haletait. La peur s'empara d'Errindha :

« Partons, Kendhil ! Quittons cet endroit, cette ville ! »

Abasourdi, l'esprit emporté dans un tourbillon de pensées et de sensations, le jeune elfe était incapable de prendre une décision. Errindha lui attrapa la main et tenta de l'entraîner vers la sortie, mais Ezhémédion étendit le bras pour diriger la demi-sphère en cristal de son bâton vers l'huis.

« Non ! Vous ne pouvez plus partir. »

Les elfes tentèrent d'ouvrir la porte, en vain. Elle était verrouillée. Ils firent volte-face et, dans un même mouvement, portèrent la main à la garde de leur lame elfique. Hélas, ils furent incapables de la dégainer, comme si elle avait été soudée au fourreau. Le Magicien esquissa un sourire de satisfaction, puis s'écria :

« Emparez-vous d'eux ! »

Il releva vivement son bâton. Les deux battants de la porte s'ouvrirent, avec une telle violence qu'ils claquèrent contre le mur. Une dizaine de miliciens rouges surgirent dans le bureau.

• 9 •
RETOUR AU PALAIS DU MAGISTRUM

Errindha avait pu échapper aux miliciens, mais pas Kendhil qui manqua de réflexe et se retrouva en quelques instants submergé par des adversaires aux mains solides comme des serres. L'elfide s'était jetée sur un lourd rideau grenat, suspendu à droite d'une fenêtre, puis tel un écureuil avait grimpé jusqu'aux tringles. Prise au piège tout près du plafond, elle se rendit aussitôt compte que cette retraite était sans espoir. Mais que faire ? Le Magicien décida pour elle. Il pointa son bâton dans sa direction et prononça une formule dans une langue très ancienne, que parvenait à comprendre Errindha, car proche de la « langue primordiale » qu'utilisaient occasionnellement les elfes, notamment pour communiquer avec les animaux.

« *Armen stor, éo-mnemned !* »

Ce qui signifiait approximativement : « Corps léger perd son peu de poids et choit dans ma paume. » Une irrésistible attraction arracha l'elfe à son refuge puis, comme si elle reposait au creux d'une gigantesque main invisible, elle regagna lentement le plancher où les miliciens de l'ordre l'immobilisèrent aussitôt à côté de son congénère. Se sachant vaincus par une force qui les dépassait, les Sentinelles cessèrent de résister.

« Pourquoi faites-vous cela ? demanda Kendhil.

– Relevez-les ! » ordonna Ezhémédion.

Il s'approcha des captifs, puis daigna répondre :

« N'y voyez aucune folie ni quelconque fourberie. Ce que vous êtes, Kendhil d'Oriadith, m'oblige à en référer au Premier Magicien, qui prendra la décision la plus sage. Emmenez-les.

– La fille aussi ? questionna un garde.

– Ce n'est pas une fille ! le tança vertement le Magicien. Vous ne voyez donc pas qu'il s'agit d'une elfe ? »

Le soldat blêmit, se rendant compte de sa bévue.

« Pardon, seigneur, je... Nous la traiterons avec grand respect.

– Enfermez-les dans une cellule disciplinaire du Collège. Séparément. Et faites venir mon secrétaire, prestement. »

Les elfes furent donc conduits à travers le palais du Magistrum, puis par un passage souterrain dans un bâtiment voisin. Avant d'être emprisonnés chacun dans une minuscule pièce, Kendhil dit à sa compagne :

« Il est temps qu'on rentre à la maison. Mais sans précipitation. »

Ce qui signifiait qu'à la première occasion, ils devraient s'évader. Errindha approuva de la tête. Et ils furent séparés.

À quelques lieues de là, Karlo paraissait somnoler, tout en observant à l'horizon la capitale impériale. Il s'était juché au sommet d'une colline, dans un champ disposant d'un panorama somptueux sur la plaine d'Éa-Kyrion. Orso jouait avec les courants ascendants, quelque part au ras d'un plafond nuageux annonciateur de pluie. Karlo détestait la pluie, comme l'eau en général, mais ce n'était pas cela qui le rendait le plus maussade ; il s'impatientait. Il savait que le délai convenu n'était pas écoulé, mais c'était plus fort que lui. Et plus le temps passait, sans que sa formidable vue ne distingue sur le fin ruban de la route d'Éa-Kyrion les silhouettes familières des Sentinelles, plus il sentait s'enflammer dans son cœur de braise la colère et la crainte. Davantage la colère que la crainte. Orso, dont il comprenait à peu près le langage pouvait le rassurer, ou l'avertir en cas de danger. Or, il jouait pendant que lui bouillait.

Il gronda.

Comme en réponse, une vache meugla derrière lui. Il souleva sa lourde tête hérissée de redoutables pointes cornées, pour regarder le troupeau qui s'était réfugié au fin fond du champ. L'heure précédente, il avait croqué deux bêtes sans que cela apaise le moins du monde son humeur. En dévorer une troisième ne le satisferait pas davantage. Aussi renonça-t-il et reprit-il sa morne observation des alentours.

C'est alors que retentit un cri strident qui lui fit brusquement relever la tête. Un minuscule point noir fondait vers la terre. C'était Orso, les ailes aux trois quarts repliées, qui piquait droit sur lui. Sur le coup, il pensa à une facétie de son compagnon de jeu, mais ce cri n'avait rien du « J'arrive ! » qu'il avait déjà entendu. On eût plutôt dit un cri d'alarme. Le dragon se dressa sur ses pattes antérieures et déploya ses immenses ailes membranées, qu'il fit battre à la manière d'un cormoran, afin de dégourdir ses articulations. Le rapace vira brusquement, puis vint se percher sur un rocher affleurant. Premier signe inquiétant, Orso ne replia pas les ailes comme lorsqu'il s'apprêtait à rester un certain temps posé. Au contraire, il les ouvrait et les refermait à la manière d'un dragon qui lance un défi. Deuxième indice, il ne regardait pas Karlo. Ses prunelles jaunes étaient ostensiblement orientées vers Éa-Kyrion. Enfin, il poussait une suite ininterrompue de cris, que Karlo, en langage dragon d'Hélion, traduisit ainsi :

« Fureur ! Malheur ! Vole, pique et mords, on en veut à nos alter ego. »

Karlo poussa un rugissement qui acheva d'effrayer le troupeau de ruminants, lequel brisa la clôture et s'enfuit au meuglant. Le dragon allait quitter le sol, quand Orso le fixa tout à coup droit dans les yeux. Le message n'était pas terminé.

« Tu finiras en vol », trancha le dragon.

Et tous deux décollèrent.

L'attente des Sentinelles ne dura guère avant que des miliciens rouges, déférents mais fermes, les sortent de leur cellule. L'un d'eux demanda s'il devait désarmer les prisonniers et leur attacher les mains. La réponse du capitaine de l'escorte fut laconique :

« Pour quoi faire ? »

Kendhil en déduisit que les Magiciens disposaient du pouvoir de neutraliser toute tentative de rébellion. L'un d'eux se présenta à cet instant dans le sombre couloir. La demi-sphère de cristal de son bâton brillait comme une étoile. Il paraissait plus jeune qu'Ezhémédion, mais guère moins impressionnant en termes d'autorité. Il s'arrêta devant les Sentinelles pour les observer. Après s'être incliné, puis présenté – il s'appelait Khézidion –, il déclara, s'adressant uniquement à Kendhil :

« Vous allez comparaître devant le conseil des Magiciens. Il ne s'agit que d'une séance préliminaire, car le Premier cercle n'est pas au complet. Votre sort ne sera donc pas déterminé ce jour, mais je vous conseille de ne pas attendre pour révéler tout ce que vous savez. Cela pourrait jouer en votre faveur.

– En ma faveur ? répéta Kendhil. Voulez-vous dire que ce conseil est un procès ?

– Absolument pas. Le conseil des Magiciens n'est pas un tribunal et vous n'êtes pas un criminel. Cependant... »

Il hésita, puis daigna lâcher en avec regard sévère :

« Ce que vous êtes pose problème. »

Il ne voulut pas en révéler davantage, plongeant les Sentinelles dans un abîme de perplexité.

Tandis qu'ils étaient ramenés au palais du Magistrum, Kendhil eut une pensée qu'il sentit inspirée par le pendentif de Mézandion :

« *Il ne faut pas les laisser te juger. À tout instant, ils peuvent décider de ton sort.* »

Le message était en réalité plus précis que cela. Davantage qu'un sort, c'était d'une malédiction qu'il s'agissait, et le trouble de l'elfe n'en fut que plus grand.

« Errindha, Orso est-il loin ? » demanda-t-il à mi-voix.

L'elfide se contenta de lui répondre d'un regard entendu ; l'aigle et le dragon arrivaient. Mais une inquiétude surgit en même temps chez les deux Sentinelles : comment Karlo allait-il intervenir ? Kendhil réfléchit, alors que le groupe commençait à grimper le grand escalier de marbre qu'ils avaient emprunté précédemment.

« Vous nous ramenez chez Ezhémédion ? » s'enquit-il.

Sans se retourner, le Magicien qui marchait en tête répondit :

« Votre affaire est digne du chapitre des Magiciens. »

L'elfon n'insista pas pour en apprendre davantage. Mais il eut la certitude qu'il serait impossible à son alter ego de les sortir de là... à moins d'un miracle. En traversant une galerie percée à droite d'ouvertures en arcade, offrant une vue sur Éa-Kyrion, une idée lui vint.

« Est-ce le palais impérial qu'on aperçoit là-bas ? » demanda-t-il, en désignant de l'index un ensemble de bâtiments blancs, coiffés de tuiles plates vert émeraude.

Le Magicien regarda à travers l'une des baies vitrées, puis s'arrêta. Il se tourna vers Kendhil. Une légère anxiété marquait son visage lisse.

« En effet. Pourquoi cette question ?

– Par curiosité. J'y suis venu une fois, mais je n'étais pas sûr de le reconnaître.

– La curiosité n'est pas un trait de caractère ordinaire chez les elfes Sentinelles », fit remarquer Khézidion.

Kendhil garda le silence. Son problème était précisément sa singularité. Mais jamais, autant qu'en cet instant, il n'avait envisagé qu'elle pût être cause d'un sort funeste. Ils se remirent en marche et il cessa de penser pour mémoriser leur parcours, au cas où...

• 10 •

LE SORT DU MONSTRE

Les prisonniers furent introduits dans un immense amphithéâtre en fer à cheval, comportant huit niveaux de gradins – comme autant de demi-cercles superposés – surmontés d'une tribune jalonnée de piliers soutenant l'ensemble de l'architecture en coupole. Les balustrades, les fauteuils à dossier ovoïde, ainsi que le sol des travées étaient tapissés de velours rouge. Le dallage de cette arène oppressante formait sur le fond carmin un gigantesque M noir. Couronnant ce dernier, se dressait une estrade circulaire sur laquelle était disposé un somptueux trône, carmin lui aussi, aux moulures sculptées dans un bois brun très sombre. Au-delà, le fond était occulté par des tentures bordeaux, tombant de la base de la coupole.

Tel un animal cherchant la lumière, les elfes levèrent la tête pour regarder le ciel au travers des larges ouvertures vitrées, percées en arcade sous la coupole. La voûte était décorée d'une fresque relatant sans doute l'histoire de l'Empire, depuis une époque lointaine où les humains ressemblaient à des animaux velus, jusqu'à la création de l'ordre des Magiciens et l'avènement du règne d'Isuldain.

À l'entrée des elfes, les conversations animées cessèrent d'un coup. La vingtaine de frères présents, tous âgés, tous armés du bâton à pommeau de cristal et vêtus de l'habit rouge de leur confrérie, se tournèrent pour dévisager les Sentinelles comme s'il se fût agi de bêtes curieuses... et dangereuses. Les gardes ne pénétrèrent pas dans l'espace. Kendhil les vit même se retirer, refermant la porte à double battant derrière eux. Khézidion fit signe aux elfes d'avancer jusqu'au centre de cette arène, ce qu'ils firent moins par docilité que pour mieux voir la configuration du lieu. Les Magiciens parurent soudain sortir de leur torpeur pour gagner chacun son fauteuil, sur le gradin le plus bas de l'hémicycle, qui ne comportait que trente sièges.

« Le Premier Magicien ne va pas tarder, précisa Khézidion. La séance ne saurait commencer sans lui. »

Il rejoignit sa place. Ensuite commença une interminable attente, dans un silence de plomb.

Karlo savait d'expérience que son approche de la capitale impériale ne pouvait passer inaperçue. Les gardiens volants d'Éa-Kyrion décolleraient de leurs tours-perchoirs, disséminées dans la ville, dès qu'ils l'auraient repéré. Ces bêtes, de la couleur verte de leur région d'origine, les Mondes Glauques, étaient stupides et trois fois moins grosses que lui, mais elles étaient dotées d'une robuste dentition, que leur férocité rendait d'autant plus redoutable. Ajoutez à cela leur nombre, plus d'une trentaine, et il était acquis qu'une bataille aérienne coûterait cher à l'intrus, qui sans nul doute devrait se résigner à fuir ou périr. La seule stratégie envisageable était donc l'attaque éclair, suivie d'un sauve-qui-peut à tire-d'aile. Encore fallait-il savoir où plonger et à quel instant précis ! C'est pourquoi Karlo avait choisi de monter au-dessus du plafond nuageux et de planer en décrivant des cercles à l'aplomb d'Éa-Kyrion, jusqu'à ce qu'il obtienne les indications nécessaires. Cela n'allait pas tarder, car Orso était en train de survoler les toits pour localiser, grâce aux instructions d'Errindha, le bâtiment où leurs alter ego étaient retenus.

L'elfide profita du silence qui régnait dans la salle du Chapitre pour se concentrer sur son contact avec Orso. Elle vit par ses yeux défiler les toitures colorées et éprouva le vertige, délicieux en toute autre circonstance, que procuraient ces rase-mottes acrobatiques. Ce jour-là, son aigle ne jouait pas ; il cherchait.

Kendhil glissa une précieuse indication à Errindha :

« À l'ouest du palais impérial, celui au-dessus duquel flotte la bannière bleue d'Isuldain. »

L'elfide répercuta par la pensée l'information à son alter ego qui ne tarda pas à apercevoir, niché dans un écrin de verdure, un ensemble de bâtiments, dont l'un comportait une annexe coiffée d'une coupole. Il fallait malgré tout qu'il vérifie... C'est alors qu'un dragon sentinelle, intrigué par le manège de ce volumineux volatile, décolla de son perchoir. Il fit claquer ses puissantes mâchoires, ce qui signifiait qu'Orso l'avait mis en appétit.

Errindha ressentit si violemment la peur de son alter ego, qu'elle émit un hoquet de frayeur en portant la main à son cœur. Les Magiciens froncèrent les sourcils.

« Que vous arrive-t-il ? » s'enquit l'un d'eux.

L'elfe n'avait aucunement l'intention de répondre. D'ailleurs, le Premier Magicien fit à cet instant son apparition par l'entrée principale de l'amphithéâtre. Ses frères se levèrent pour l'accueillir. Une dizaine de secrétaires et autres assistants, en tenue bordeaux le suivaient, qui se hâtèrent de gagner leur poste derrière des pupitres ou de petites tables. Exion II s'arrêta devant les Sentinelles afin de les observer, avec attention mais sans hostilité. Il esquissa d'une inclinaison de la tête un salut qui paraissait ne s'adresser qu'à Errindha. Puis il s'intéressa à Kendhil qui lui inspirait visiblement une profonde perplexité.

Les elfes ne bougeaient pas, fixant cet homme d'un air impavide. Exion II comptait parmi les plus hautes personnalités de l'Empire, ils ne le trouvèrent pourtant guère différent des autres. Il devait avoir passé l'âge de maturité, qu'on évalue chez les humains à une soixantaine d'années. Son regard bleu était assez singulier, à la fois captivant et doux. Cependant, la sensibilité des Sentinelles n'aurait pu s'y tromper : il disposait d'un tempérament d'acier, dont il avait la froideur, et d'une intelligence aussi tranchante qu'une dague elfique. Son pâle visage commençait à être marqué par l'âge, bien que sa peau imberbe et d'une grande finesse conservât une relative jeunesse. L'homme esquissa un sourire pour se donner une contenance, puis gagna son trône, sur la petite estrade.

« Asseyez-vous ! » ordonna-t-il à ses frères.

Faisant fi du conseil de Guenth, Kendhil passa sans attendre à l'offensive :

« Seigneur Exion, que faisons-nous là ? Nous n'avons commis ni faute ni crime. Priver des elfes de leur liberté ne peut se concevoir que dans l'Obscur, ou peut-être dans certaines régions sauvages de l'Empire, en tout cas sûrement pas dans la cité d'Isuldain. »

Le Premier Magicien approuva de la tête. Il esquiva néanmoins :

« Puisque vous parlez d'Isuldain, seigneur elfe, le capitaine de notre milice me disait à l'instant que vous aviez reconnu son palais. Voilà un premier sujet d'étonnement que vous voudrez bien nous expliquer.

– J'y suis venu une fois.

– Aurait-il rencontré l'empereur ? » lança un Magicien derrière Kendhil.

L'homme redoutait à l'évidence cette éventualité.

L'elfon jeta un coup d'œil par-dessus son épaule pour l'apercevoir.

« Dans quelle circonstance êtes-vous venu dans cette ville ? » demanda le Premier Magicien.

Kendhil allait sans réticence raconter l'aventure extraordinaire qui l'avait amené la première fois à Éa-Kyrion, mais sa voix intérieure le mit en garde : *Plus tu parles, plus tu te mets en danger*.

« Peu importe, finit-il par lâcher. Me revoici pour essayer d'obtenir des renseignements sur un homme nommé Mézandion. Mais je m'aperçois que cette quête, pourtant bien innocente, est la cause de désagréments inattendus. Si vous ne souhaitez pas satisfaire ma... enfin, disons que si ce n'est pas possible, nous repartirons. Sans délai, car nos montagnes nous manquent. »

Exion II baissa le regard. Après un temps de silence, il révéla :

« Le nom que vous avez prononcé devait être à jamais banni de nos mémoires. Croyez bien qu'un tel reniement est à la mesure du crime commis. C'est pourquoi vous avez provoqué un si grand émoi en l'exhumant de l'oubli. C'est un peu comme si vous le faisiez revenir parmi nous, comprenez-vous ?

– En vérité, c'est moins Mézandion qu'il m'importe de connaître, que le mystère qui entoure ma naissance.

– De quel mystère pourrait-il s'agir ? N'êtes-vous pas un elfe Sentinelle ? »

Ezhémédion choisit d'intervenir à cet instant :

« Frère Exion, il me semble que la clé de l'énigme repose au plus profond de son regard. »

Le Premier Magicien se leva et s'approcha de Kendhil, dont le cœur et la respiration ralentirent. (Chez un elfe, ce phénomène physiologique est la conséquence naturelle d'une vive émotion.) De son côté, Errindha frémissait de crainte, autant pour son compagnon que pour Orso qui connaissait au même moment les pires difficultés. Exion II observa longuement Kendhil, plongeant dans les complexes méandres de l'intimité mentale de l'elfon, jusqu'à ce qu'il touche un point brûlant qui le fit vivement reculer. Son visage prit alors une expression épouvantée.

« C'est impossible ! souffla-t-il. Je ne puis le croire !

– Quoi ? Qu'avez-vous vu, seigneur Exion ? » s'écria Kendhil.

Le Premier Magicien balaya l'assemblée du regard, puis lâcha :

« C'est lui ! »

Et tous partagèrent sa consternation et son effroi. Un Magicien très âgé se leva péniblement pour hurler :

« Il faut prononcer le sort des Maudits. Sans attendre, sans hésiter ! »

Il provoqua une série de réactions, la plupart d'approbation, ce qui accrut encore la confusion de Kendhil. Errindha tressaillit. Son alter ego venait d'échapper d'extrême justesse aux crocs du dragon d'Helfeu qui l'avait pris en chasse.

« Orso est en grand danger ! s'exclama-t-elle.

– Où est Karlo ? demanda Kendhil.

– Je ne sais pas... Au-dessus des nuages. »

Errindha ferma les yeux et se prit le visage dans les mains. Cette tension était insupportable.

« Qu'arrive-t-il à votre amie ? » s'inquiéta le Premier Magicien.

Les autres frères continuaient de réclamer à grands cris une action magique contre le Sentinelle, que certains qualifiaient déjà de *monstre*.

« Cela ne peut se décider maintenant, refusa Exion II. Nous ne sommes pas au complet.

– Certes, mais qu'adviendrait-il si l'empereur apprenait la chose ? » lança Khézidion.

Personne ne rompit le silence qui s'instaura alors, mais il était évident que la même réponse était dans toutes les têtes.

« Nous ne pouvons courir un tel risque, intervint un autre. Puisque nous avons devant nous le monstre, il faut prononcer le sort.

– Et si ce n'était pas lui ? objecta un Magicien plus modéré.

– Voilà justement un argument décisif ! Car chacun sait que le sort serait inefficient sur une tout autre créature que... ça ! »

L'index que pointa le Magicien en prononçant ce dernier mot fut comme un poignard lancé sur l'elfon, au point que celui-ci sentit une douleur aiguë lui vriller le cœur.

« Songez, frères du Magistrum, enchaîna un vieillard, à ce qu'il adviendrait si le bruit courait que nous retenons en nos cellules de discipline des elfes

Sentinelles. L'empereur ne saurait l'ignorer longtemps. Il exigerait des explications et il nous faudrait bien en trouver une. » Il marqua une pause puis, secouant la tête négativement, conclut : « Non, il faut prononcer le sort des Maudits, maintenant ! Et renvoyer cette engeance à sa forêt. »

L'ombre d'un oiseau immense apparut à cet instant derrière l'une des arcades de la coupole. Un coup violent fut frappé contre la vitre qui se fendit. C'était Orso. « *Oui, nous sommes là !* lui signala Errindha en esprit. *Préviens Karlo qu'il doit nous sortir d'ici, vite ! Kendhil est en danger.* » L'aigle partit. Exion II ordonna à l'un de ses scribes d'apporter le livre des Ultimes, ainsi qu'un pupitre.

« Vous avez raison, il ne faut plus attendre », se résigna-t-il sombrement.

Kendhil perçut une brûlure au sternum, au niveau de la perle de Mézandion. Il se tourna vers la porte qui n'était pas gardée, mais supposa que, de l'autre côté, les miliciens rouges patientaient, l'arme prête à frapper. Sans avoir besoin d'échanger un mot, les Magiciens devinèrent ses pensées. Ils abaissèrent leurs bâtons et les tendirent vers le centre de l'arène. Ils marmonnèrent ensuite une formule qui eut pour effet d'ankyloser les membres des deux elfes, jusqu'à une paralysie quasi complète.

• 11 •

PRIS AU PIÈGE

Karlo était sur les nerfs. Tourner en rond, au ras de cet océan vaporeux, lui devenait si insupportable qu'il décida de compter encore dix respirations avant de plonger sur la ville, quels qu'en fussent les risques. Il survolerait la capitale en poussant des rugissements tels que Kendhil les entendrait forcément, fût-il prisonnier dans le plus profond des culs de basse-fosse. C'est alors qu'Orso creva le plancher nuageux. À moins d'une coudée de ses plumes, un dragon d'Helfeu le poursuivait. Karlo cessa sur-le-champ de penser pour se transformer en une effroyable machine à tuer. En quelques secondes, il avait rejoint la proie et le prédateur, fauchant ce dernier comme un boulet de trébuchet lancé contre une tour. Le dragon sentinelle poussa un cri rauque en basculant sur le dos. Avant qu'il n'ait eu le temps de retrouver son assiette, son congénère, trois fois plus gros que lui, revenait à la charge et le décapitait d'un seul coup de dents. Le corps du vaincu sombra dans les brumes immaculées.

L'inévitable bataille était engagée... enfin !

L'aigle d'Oriadith n'eut besoin de pousser qu'un seul cri pour faire comprendre à son ami d'Hélion qu'il avait retrouvé leurs alter ego. Un autre lui signifia l'extrême gravité de leur situation. Les ailes complètement déployées, Karlo effectua un looping magistral puis, avec la puissance d'une bombe volcanique, perça la couche de nuages.

Kendhil luttait en vain contre cette paralysie qui devenait atrocement douloureuse dès qu'il tentait de plier une articulation. Errindha était pareillement statufiée. Cependant elle souffrait moins, parce qu'elle n'était plus là. Par les yeux de son aigle, elle piquait sur le palais du Magistrum dans le sillage de Karlo.

Face aux Sentinelles, le Magicien suprême avait entamé la lecture d'un texte rédigé dans une langue des temps anciens, que même les elfes les plus lettrés auraient sans doute eu des difficultés à traduire. Quelques mots ou groupes de mots étaient malgré tout compréhensibles pour les Sentinelles : *briser le lien, sacrilège, oubli, éternité... l'inéluctable plongée dans l'abîme*. Puis, employant soudain la langue elfique, il prononça cette phrase en regardant Kendhil : « *Le retour au néant de l'un sera aussi celui de l'autre, afin que chacun restant à sa place, l'ordre du monde soit préservé.* »

Au même moment, un formidable choc ébranla la coupole au-dessus d'eux. Le saisissement déconcentra les Magiciens, ce qui eut pour effet d'alléger leur emprise catatonique sur les elfes. Celle-ci acheva de se dissiper lorsque la voûte commença à se fendre, telle la coque d'un œuf, sous de formidables coups de boutoir. Une serre gigantesque, fermée comme un poing, creva soudain la coupole.

« Par les foudres d'Éon, c'est un dragon ! » s'écria Exion II.

L'hémicycle se mit à résonner de cris et d'exclamations :

« D'où sort-il ? Il va nous détruire ! Ce sont les Sorciers qui l'ont envoyé ! Il vient chercher la créature de Mézandion ! »

Épouvantés, les Magiciens se levèrent, quittant le cercle dans la bousculade. Le grand maître tenta de les ramener à la raison :

« Frères du Magistrum, ressaisissez-vous ! Unissons nos pouvoirs pour chasser la bête ! »

Mais la terreur était dans la place, d'autant que d'énormes moellons de pierre commençaient à s'abattre sur les fauteuils et les fuyards en toge rouge.

Pendant ce temps, les elfes s'efforçaient, avec les plus grandes difficultés, de chasser de leur corps l'engourdissement résiduel qui les empêchait de s'éloigner du déluge de gravats. Ils y parvinrent cependant, en se soutenant mutuellement, tels des vieillards perclus de rhumatismes.

Karlo passa la tête par la brèche qu'il venait d'ouvrir dans la voûte. Il repéra aussitôt ses amis qui s'étaient réfugiés au fond d'une travée, à l'abri de la tribune haute. Ils ne semblaient pas au mieux de leur forme, mais au moins étaient-ils là, et surtout vivants ! Les hommes, tout de rouge vêtus, qui déguerpissaient comme des rats, n'avaient guère l'air redoutable avec leur ridicule bâton de bois, sauf un, celui qui se tenait sur une courte estrade circulaire, devant un pupitre sur lequel reposait un livre qu'il lisait à voix haute. Voilà qui lui parut pour le moins singulier en la circonstance. Son intuition lui commanda d'accélérer l'opération d'exfiltration.

Le Premier Magicien s'était en effet remis à prononcer l'une des complexes formules du livre des Ultimes, d'une voix rapide qui n'était plus maîtrisée. Il luttait contre la peur, mais progressait dans son œuvre magique, dont les premiers effets se manifestaient. Les bras serrés autour du ventre, Kendhil s'était affaissé, plié en deux par d'incontrôlables convulsions.

« Arrêtez ! hurla Errindha à l'adresse des Magiciens. Arrêtez ou l'empereur sera mis au courant ! »

Exion II s'interrompit, mais l'elfice ne crut pas longtemps en l'efficacité de sa menace, car il la fixait avec un sourire en coin signifiant : *Trop tard !* Il tendit brusquement son bâton vers Kendhil qui avait cessé de gémir et reprenait son souffle. Un bref éclat lumineux passa dans la demi-sphère de cristal.

« Je n'ai plus qu'un mot à dire, déclara-t-il, et la clé des Ultimes ouvrira la trappe par laquelle cette anomalie sombrera à jamais dans le gouffre de l'oubli.

– Ne le prononcez pas ! le supplia Errindha. Ne...

– *Aé-faéston !* L'ultime malédiction contre celui qui n'aurait jamais dû être ! »

L'instant suivant, il disparaissait sous une énorme masse rouge tombée en même temps qu'une partie du plafond de la salle du Chapitre. Karlo secoua sa tête couverte de poussière. Se méprenant sur l'expression horrifiée du visage d'Errindha, il se justifia :

« Il n'avait qu'à pas rester là. »

De peur de choquer davantage la sensible Sentinelle par le spectacle répugnant d'un Magicien écrabouillé sous dix tonnes de muscles et d'os, il n'osait plus se relever.

« Il a prononcé un maléfice contre Kendhil, expliqua Errindha.

– De quel genre ?

– Je l'ignore, mais il était assurément funeste. »

Son compagnon la rejoignit. Ses beaux cheveux noirs étaient maculés de poussière grise, ainsi que sa cotte en cuir d'écorce. Son air un peu hagard inquiéta le dragon :

« Tu te sens bien ? »

Kendhil leva les yeux puis, s'efforçant de sourire, affirma :

« Oui, très bien... J'ai seulement l'impression désagréable d'avoir perdu conscience un moment. » Il baissa le regard, soucieux, puis répéta : « Non, tout va bien. Nous pouvons partir. »

Soulagé, Karlo se releva. Errindha poussa un cri. Il se rassit. De l'une des plus hautes personnalités de l'empire d'Isuldain ne restait qu'une infâme bouillie sanglante.

« Hum, pardon, s'excusa-t-il. Grimpez, les amis, il ne faut pas s'attarder. »

Levant la tête pour préparer son envol par la brèche dans laquelle il avait chu, il réalisa que deux obstacles allaient grandement compliquer leur fuite, l'un étant apparemment rédhibitoire.

« Qu'est-ce qui se passe ? s'inquiéta Kendhil, déjà en place, solidement accroché sur le dos de son alter ego, prêt pour un vol qui s'annonçait acrobatique.

– Vous pouvez redescendre, nous sommes pris au piège. »

• 12 •

BATAILLE DANS LE CIEL D'ÉA-KYRION

Perplexes et inquiets, les Sentinelles remirent donc pied à terre. Suivant le regard de Karlo, ils constatèrent sans surprise, par l'énorme trou dans le dôme, que les dragons d'Helfeu patrouillaient au-dessus du palais, tels des vautours guettant la fin d'un animal à l'agonie.

« Il faudra que tu nous déposes dès que tu nous auras tirés de là, déclara Kendhil. Dans le combat qui t'attend, tu n'as aucune chance si tu es lesté de deux passagers.

– Je suis bien d'accord, mais ça ne résout pas mon problème, bougonna le dragon.

– Il ne faut pas t'inquiéter pour nous, Karlo, intervint Errindha. Nous saurons quitter Éa-Kyrion sans être arrêtés, et nous nous retrouverons au point de rendez-vous dont nous étions convenus. »

Le dragon rouge baissa vers l'elfide son impressionnante tête écailleuse. Dans son regard d'or brillait l'intelligence d'un être supérieur, qui faisait oublier sa monstruosité... un peu seulement.

« Qu'ai-je dit ? l'interrogea-t-elle.

– Tu ne vois vraiment pas ce qui cloche ? »

Et comme les deux elfes ne comprenaient toujours pas, il se redressa et déploya ses ailes, ce qu'il ne put faire entièrement compte tenu de son envergure.

« Je suis comme dans une nasse, expliqua-t-il. Sans un minimum d'espace, il m'est impossible de décoller. »

Il frappa violemment le sol de ses pattes antérieures, provoquant la chute de quelques gravats supplémentaires.

« J'en ai connu, des dragons stupides, gronda-t-il, mais des comme moi... Le premier qui rigole, je le bouffe ! »

Un brouhaha de voix résonna du côté de l'entrée centrale de l'hémicycle. Les gardes du palais étaient en train de se rassembler en masse au-delà de la porte, se demandant sans doute comment ils allaient s'y prendre pour capturer un tel mastodonte.

« Il faut trouver une solution, fit Kendhil en jetant un regard alentour.

– Ça, c'est une réplique qui fait avancer la réflexion ! » persifla Karlo.

Errindha émit un soupir de soulagement, pour une raison extérieure à leur situation :

« Orso est à l'abri, expliqua-t-elle. Il a trouvé refuge au sommet d'une tour, dans une sorte de grenier.

– Demande-lui s'il n'a pas une idée pour nous sortir de là », grommela Karlo.

Un Magicien s'enhardit à avancer de quelques pas dans la travée principale.

« Où est notre Premier Magicien ? les interpella-t-il, sur le ton d'un gringalet prétentieux venant demander des comptes à un colosse.

– Au chaud ! » répliqua distraitement le dragon.

Comme souvent lorsqu'il réfléchissait à un problème épineux, il grondait tout en examinant attentivement son environnement. Soudain, il annonça de sa puissante voix grave :

« J'ai trouvé ! Kendhil, Errindha, approchez que je vous couve, mes petits. »

Les Sentinelles échangèrent un regard interrogatif, mais l'elfon connaissait assez son compagnon pour savoir quand on pouvait lui faire confiance sans discuter.

« Allez-vous répondre, maudite engeance ? insista le Magicien en brandissant son bâton de manière menaçante. Qu'avez-vous fait de notre frère Exion II ? Parlez, ou bien... »

Il s'interrompit en voyant l'engeance en question orienter brusquement vers lui sa gueule hérissée de formidables crocs luisants. Avec cet air féroce et un elfe Sentinelle dans chacune de ses pattes antérieures, on eût vraiment dit un monstre antédiluvien. Le Magicien tenta de surmonter sa terreur, le menton haut, mais il déguerpit dès que la bête se mit à avancer, brisant sous chacun de ses pas le dallage de pierre.

« Attends, Karlo, s'inquiéta Kendhil. Tu ne comptes tout de même pas forcer le passage par cette porte ?

– Ce n'est pas parce que j'ai dit que j'étais stupide qu'il faut le croire », répliqua le dragon.

Renversant les balustrades et les fauteuils, il s'approcha de la tribune haute. Il s'accorda quelques secondes de réflexion pour préparer son affaire ; alors, d'un coup de tête rasant, il pulvérisa l'un des piliers de pierre blanche. Il s'attaqua sitôt après à celui de droite, puis aux suivants. Ensuite, avec l'une ou l'autre de ses puissantes pattes postérieures, il démolit méthodiquement les colonnes, jusqu'à ce qu'il obtienne le résultat souhaité : l'ensemble de l'édifice soutenant la coupole finit par s'écrouler.

Afin de protéger ses amis, il les serra contre sa poitrine et se cacha la tête sous une aile. Dans le fracas de l'effondrement, la voix de Kendhil s'éleva :

« Karlo, tu es un génie ! »

Peu après, laissant dans son sillage des nuages de poussière blanche, un gigantesque oiseau de feu surgissait des ruines du bâtiment circulaire abritant la salle du Chapitre de l'ordre des Magiciens. Le temps que les gardiens volants d'Éa-Kyrion réagissent, il avait déjà franchi la limite du parc. Il repéra très vite une esplanade assez vaste pour un atterrissage express, qui sema un vent de panique parmi les habitants à pied, à cheval ou en voiture. Il déposa ses protégés avec beaucoup de douceur, comme un papa dinosaure le ferait de ses petits. Kendhil lui demanda alors une faveur :

« Karlo, ce sont les dragons de l'empereur ; s'il te plaît, épargne-les autant que possible. »

Le mastodonte ailé se contenta d'émettre un grondement en guise d'approbation, car pour lui un combat était toujours à mort. Mais bon... que n'aurait-il pas fait pour son frère de lait ? Avant de reprendre son envol, il attendit que, profitant de la confusion, les elfes se fussent éclipsés par la ruelle la plus proche. Le rugissement de guerre qu'il poussa en s'élevant au-dessus des toits résonna sur toute la ville, figeant de stupeur et de terreur mêlées des milliers d'humains, dont bon nombre durent croire à une attaque surprise de l'Obscur. Aussitôt, la trentaine de sentinelles volantes que comptait la capitale prirent l'intrus en chasse. Karlo savait d'expérience que leur tactique d'assaut consistait à refermer leurs mâchoires sur leur proie, puis à ne plus la lâcher jusqu'à l'entraîner au sol pour la curée. Il choisit donc d'obliger ces redoutables chasseurs à le suivre en altitude, espérant que l'envergure de ses ailes lui donnerait un avantage aérostatique. Bien avant d'atteindre le plafond nuageux, deux dragons verts lui coupèrent la route. Il réussit à en esquiver un, dont il déchira d'un coup de patte la voilure, mais percuta l'autre. Étourdi par le choc, le dragon d'Helfeu partit dans une chute en vrille qui ne pouvait que lui être fatale. Karlo n'eut pas le temps de s'en assurer, que l'autre revenait à la charge, par l'arrière, malgré son handicap. Il l'évita de justesse et parvint à le saisir à la gorge dans sa serre avant gauche. Il ouvrait la gueule pour lui broyer la tête quand il se rappela la requête de Kendhil. Il fit claquer ses mâchoires dans le vide.

« *Je t'épargne*, déclara-t-il en langage dragon, *car je suis un gentil dragon. Mais n'y reviens pas, sinon je te bouffe !* »

N'étant pas sûr que son adversaire ait bien compris le message, il accentua la strangulation, dans la louable intention de l'étourdir juste assez pour le mettre hors de combat une minute ou deux. Il dut mal doser la pression, car lorsqu'il rouvrit la serre, son congénère chuta comme une pierre. Des hurlements l'avertirent que d'autres adversaires étaient déjà sur lui. Il en assomma un, en feinta deux autres. Ceux qui parvinrent ensuite à le mordre n'y survécurent pas. Mais le gros de la troupe arrivait à tire-d'aile ! Il était plus que temps de prendre le large...

Depuis le sol, la population assistait à cette bataille aérienne, comme à un spectacle inouï. S'étant arrêtés au milieu d'une place, Kendhil et Errindha scrutaient pareillement le ciel, jusqu'à ce que l'elfon éprouve une soudaine et inexplicable oppression au niveau du plexus.

« Errindha... il m'arrive quelque chose.

– Quoi ? Que se passe-t-il ?

– Cela ressemble à un mauvais pressentiment, ou plutôt à une peur viscérale. Les humains appellent cela l'angoisse. Ça me serre l'estomac et me coupe les jambes. Mais il y a autre chose... »

Le poing plaqué sur la poitrine, il laissa sa conscience sonder son esprit, jusqu'à ce qu'enfin il comprenne le message :

« Je ne dois pas quitter la ville. Il faut que je... Oui, c'est ça. Errindha, allons retrouver Gastien à l'hostellerie du Dragon d'or. Il devrait pouvoir nous aider.

– À sortir de la ville ?

– Non. Repartons. Je t'expliquerai en chemin. »

• 13 •
L'ENGAGEMENT SUR L'HONNEUR

Bien qu'ils y soient déjà venus avec Gastien, retrouver l'hostellerie du Dragon d'or ne fut pas une mince affaire pour les Sentinelles (les elfes n'ont aucun sens de l'orientation dans une ville, alors que dans n'importe quelle forêt ils savent se diriger sans aucune difficulté). Après avoir sollicité de nombreux passants plus ou moins serviables, ils finirent par apercevoir dans une ruelle étroite et sombre l'enseigne de bois peint de l'établissement – un ridicule dragon jaune, jugea Kendhil la première fois qu'il le vit. L'aubergiste, une femme revêche aux cheveux raides, les reçut avec le même air aigri que la veille, comme si elle souffrait de maux d'estomac. Elle accepta que les visiteurs, dont elle ignorait la nature elfique, attendent le sire Gastien dans sa chambre.

« En principe, il rentre une heure avant le souper, précisa-t-elle. Si je dois ajouter deux assiettes, faut prévenir et prévoir dix *cartins*[1] et demi. »

1. Le cartin est la monnaie commune de l'Empire. Elle s'échange sous forme de carrés de fer, frappés du signe d'Isuldain,

Les elfes remercièrent la tenancière qui se dérida enfin.

« Allez, les tourtereaux, je vous mettrai quand même un couvert. Et si vous comptez rester encore cette nuit, je vous redonnerai le même joli nid d'amoureux qu'hier. »

Les Sentinelles eurent une même réaction intérieure, qui se traduisit par un léger sourire en coin à l'idée de retrouver le dodu édredon en dôme qui couvrait le lit de cette chambre. Celle de Gastien était à l'identique, grande et meublée seulement d'un coffre plat et d'un siège sur lequel était posée une bassine pour les ablutions du matin. L'endroit était relativement propre, mais affreusement sombre, en raison de l'unique ouverture carrée, guère plus large qu'un hublot de bateau. Les affaires du jeune homme traînaient sur le parquet et le dossier de la chaise, et sa besace était accrochée à un clou planté au mur.

La porte refermée, les Sentinelles s'assirent côte à côte au bord du lit. Tout comme la veille, le premier geste d'Errindha fut de poser la main sur l'édredon qui se dégonfla. Mais cette fois, cela ne lui procura aucun amusement. Kendhil percevait son inquiétude et voulut l'apaiser en prenant son autre main. Bizarrement, elle sursauta.

« Kendhil, comme tu as la peau froide ! »

L'elfon parut surpris.

---

un symbole de l'ancienne langue elfique signifiant *sagesse*. La taille de la pièce détermine sa valeur.

« Je ne m'en rends pas compte.

– Si, je t'assure ! Plus que froide même, glacée ! »

Jamais la chair d'un elfe ne donnait une telle sensation. Même lorsque son âme avait quitté son corps et jusqu'à ce que celui-ci se dissipât, comme une brume au moment de la transfose, elle gardait souplesse et tiédeur. L'anxiété laissa dès lors la place à une franche et cruelle angoisse qui les réduisit tous deux au silence.

Quand leur guide humain surgit dans sa chambre, averti en bas par l'aubergiste, il était fou de joie. Au point qu'il ne perçut rien de l'état de stress des elfes. Pourtant, assis côte à côte sur le lit, ils réagirent à peine à son entrée fracassante.

« Ah, mes amis, je suis si heureux ! Je n'y croyais pas ! J'étais certain qu'on ne se reverrait jamais ! Et puis voilà... vous êtes là. Oh ! là, là... pfff ! Comme quoi, il ne faut jamais jurer de rien. »

Il continua à marcher de long en large, à s'agiter et à parler fort, jusqu'à ce qu'Errindha intervienne :

« Quand tu auras fini de brasser l'air avec tes bras et ta langue, nous pourrons peut-être t'exposer la situation. »

Il se figea, comme frappé d'un sortilège.

« Ah ? Qu'est-ce qu'elle a, la situation ? »

Il regarda Kendhil se lever et aller à la fenêtre. Certes, il le trouvait un peu pâle, assurément préoccupé, mais cela ne le renseignait guère, sinon sur l'évidence que ses amis avaient un problème.

« Il y a eu ce monstrueux dragon rouge, tantôt, que ceux de l'empereur ont chassé, réfléchit-il tout haut. Est-ce que ça pourrait avoir un rapport avec vous ? Franchement, je ne vois pas en quoi.

– Les elfes Sentinelles sont liés au peuple des aigles d'Oriadith, expliqua Errindha, tout en observant du coin de l'œil Kendhil qui surveillait l'extérieur par la petite fenêtre.

– Je sais cela. Et alors ?

– Le dragon rouge est l'aigle de Kendhil. »

Éberlué, le jeune homme laissa échapper un sifflement admiratif. Soudain, Kendhil se retourna et déclara :

« Les Magiciens nous ont fait arrêter par leurs gardes. Pour nous délivrer, il a détruit une partie de leur palais et tué leur chef... par accident. »

Gastien tituba d'effroi. Kendhil s'avança vers lui tout en poursuivant :

« Il nous a ensuite déposés sur une place. Nous étions en chemin pour quitter Éa-Kyrion par nos propres moyens, quand un événement nous a contraints à venir ici, parce que je pense que tu peux m'aider.

– Moi, gémit Gastien, je veux bien, mais... Vous aider à quoi, d'abord ? »

Kendhil baissa les yeux. Les sourcils froncés, il plongea une fois encore dans les profondeurs de son espace intérieur. Il y retrouva la même exigence impérieuse :

« Il me faut un oxylogramme », révéla-t-il.

Le jeune humain afficha un air ahuri.

« Qu'est-ce que c'est que ça ?

– Un moyen magique de restituer l'image qu'un Magicien a enregistrée dans le passé. Cela se présente sous la forme de trois demi-sphères de pierre noire, luisantes comme le verre. Il faut en fixer une en hauteur (il désigna la poutre maîtresse qui traversait la pièce au-dessus d'eux) et les deux autres de chaque côté, à environ deux coudées de hauteur, sur ces murs par exemple. Si nous en installions un dans cette pièce, l'image se formerait là, au milieu. »

Gastien réfléchit en se caressant le menton.

« Maintenant, je me souviens avoir déjà entendu parler de ce genre d'appareil. Mais comment voulez-vous que je vous trouve ça ?

– Ne te surnomme-t-on pas Lafouine ? » lui rappela Errindha.

Abasourdi et effrayé, le garçon vint s'asseoir sur le lit à côté d'elle.

« Vous avez détruit le palais du Magistrum et tué Exion II, murmura-t-il en hochant négativement la tête. C'est fou ! Complètement fou ! Vous devez avoir toute la milice de l'ordre des Magiciens aux trousses, et peut-être bien aussi la police de l'empereur.

– C'est pourquoi il faut faire vite, insista Kendhil, d'autant que... »

Il croisa le regard de son amie. *D'autant que je suis victime d'un maléfice, dont j'ignore les effets*, pensa-t-il.

« C'est que je risque gros, moi, dans cette histoire ! » commença à se justifier leur jeune ami.

Les elfes ne réagirent pas.

« Ma vie, si ça se trouve... ou pire ! On pourrait m'envoyer en exil dans un bagne du fin fond de l'Empire où je croupirais jusqu'à la fin de mes jours. »

Un pesant silence s'ensuivit, que les Sentinelles ne voulurent pas rompre. Car ni l'un ni l'autre ne souhaitaient influencer cet humain pour une décision qui mettait effectivement en jeu son destin. Gastien se leva, fit les cent pas dans la chambre en marmonnant comme s'il discutait avec un invisible interlocuteur, jusqu'à ce qu'enfin il demande :

« Si je vous aide et que je me fais prendre, vous viendrez me délivrer ? »

Les Sentinelles accueillirent cet engagement sur l'honneur à la manière elfique : la main sur le cœur, en inclinant légèrement le buste, en l'occurrence sans un mot puisque toute leur reconnaissance luisait dans leurs yeux verts.

• 14 •

LA PROPOSITION SUICIDAIRE DE KENDHIL

La capitale impériale était en ébullition.

La nouvelle des graves événements survenus au palais du Magistrum s'était répandue comme le feu sur la poudre. Du coup, on se pressait aux abords du siège de la Confrérie, autant pour constater par soi-même l'authenticité des récits apocalyptiques qu'on colportait un peu partout, que pour se réjouir secrètement des déboires d'une communauté fort peu appréciée de la population. Gastien et ses amis Sentinelles, qui cachaient leurs oreilles pointues et leur visage sous la capuche de leur cape, peinaient de plus en plus à avancer dans les rues bondées. À peu de distance du but, ils finirent par être complètement englués dans une cohue bourdonnante de gens qui se dressaient sur la pointe des pieds, pour en fin de compte ne rien voir d'autre que des têtes, encore des têtes…

« On n'y arrivera jamais », se désespéra Errindha.

Gastien grommela un juron entre ses dents.

« Il faut se séparer, suggéra-t-il. Je vais y aller seul. Avec mon gabarit, je suis sûr de réussir à me faufiler jusqu'à la grille. On se retrouvera au lieu de rendez-vous, si tout va bien, dans moins d'une heure. Entendu ? »

Les elfes acquiescèrent, puis tournèrent les talons, trop heureux de s'extraire de ce pressoir infernal. Dès lors, l'agile Lafouine entreprit un délicat et sportif jeu de coudes qui lui valut moult insultes, et même quelques coups. Après une approche finale à quatre pattes, périlleuse pour ses doigts parmi une forêt mouvante de jambes, il parvint à atteindre l'entrée du parc. De l'autre côté des grilles closes, les gardes étaient nombreux et tendus, certains armés de gourdins. Les pommettes rougies par l'effort, Gastien se hissa en grimaçant le long des montants en fer forgé, contre lesquels le plaquait la foule. Ensuite, il amena sa main droite au niveau de sa poitrine pour extraire de sa veste de lin un pli de mauvais papier. Au recto était écrit : « À l'attention expressément personnelle du novice Orhass ». Son court texte donnait rendez-vous à l'étudiant « au plus vite, à la taverne de la Toge rouge » où l'attendait « qui vous savez, dont une fort jolie personne ». Gastien espérait que ce message serait trompeur s'il tombait en de mauvaises mains, limpide et motivant pour le destinataire... à condition qu'il lui parvînt. Le garçon interpella le milicien le plus proche :

« S'il vous plaît, j'ai un billet urgent pour un étudiant du Collège !

– Impossible, ils sont tous consignés dans leur dortoir, répliqua l'homme.

– S'il vous plaît, c'est pour le novice Orhass. C'est de la part d'une jeune fille. »

Il adressa un clin d'œil au garde qui resta de marbre. Gastien se résigna à sortir l'argument qui tue :

« C'est bête, dit-il en prenant un air désolé. Il s'agit de la fille de l'Administrateur impérial. Si vous aviez accepté et que vous m'aviez donné votre nom, je suis sûr qu'elle aurait su vous remercier généreusement. Mais bon... »

L'homme fit volte-face, s'empara du billet en lâchant : « Marb Idial, du troisième corps de garde », et il s'éloigna à grands pas vers le Collège.

C'est seulement au crépuscule qu'une pluie fine et glacée eut raison des curieux les plus acharnés, laissant place dans les rues à une atmosphère lugubre. Dans l'une d'elles, un jeune homme allait et venait, serrant fermement sur sa poitrine les pans de son manteau de toile grise. À quelques pas de là, une taverne était signalée par une enseigne de cuivre, représentant le palais du Magistrum avec sa coupole. Un carré de papier accroché sur la porte indiquait : « À cause des événements, la Toge rouge est fermée jusqu'à nouvel ordre ».

Gastien se figea tout à coup. Il scruta le bout de la rue éclairée par une lanterne publique, suspendue au coin d'une maison. Une silhouette venait d'apparaître qu'il reconnut avec soulagement.

« Le voilà ! » annonça-t-il à mi-voix.

Peu après, Orhass l'avait rejoint. À son expression, il n'était pas nécessaire d'être un elfe pour deviner son état d'esprit.

« Salut, lâcha sèchement le novice, tu es seul ?

– C'est drôle, j'allais justement te poser la question », répliqua Gastien sur un ton plus léger.

Il se donnait un air détendu, mais était sûrement moins à l'aise qu'il y paraissait. Il jeta un regard inquiet vers le fond de la rue, comme s'il s'attendait à voir surgir des miliciens rouges.

« Je te remercie d'être venu, enchaîna-t-il. Nos amis elfes souhaitent te voir au plus vite, mais peuvent-ils te faire confiance ?

– Ils ont commis un crime affreux, aujourd'hui. Comment pourrais-je ne pas les dénoncer, dès lors que je saurais où les trouver ? Pourquoi tiennent-ils à me voir ? S'ils espèrent que je les aide à s'évader d'Éa-Kyrion...

– Ils n'ont pas besoin de toi pour ça, l'interrompit le messager. Tu juges sans savoir. Ce ne sont pas eux, les coupables, mais Exion II et ceux du Premier cercle. Mes amis ne souhaitaient qu'obtenir des informations sur un ancien membre de la Confrérie. Et c'est juste pour ça qu'ils ont été arrêtés. Kendhil a été jugé nuisible et condamné à mort, sans procès. Tu le savais, ça ? C'est d'autant plus grave qu'il s'agit d'un elfe et que ça s'est fait dans le dos de l'empereur. Je doute que ce dernier apprécie, quand il saura. »

Le novice ne cacha pas son trouble, mais sa position ne lui autorisait aucun état d'âme.

« C'est pour me dire cela que tu m'as fait venir ici ? Sais-tu ce que je risque si on s'aperçoit de mon absence au Collège ? Alors parle, vite.

– Tu as raison, venons-en au fait. Kendhil a besoin d'un oxylogramme, tu sais ce que c'est ? »

Orhass haussa les épaules pour signifier que la question était désobligeante.

« Qu'est-ce qu'il compte en faire ? »

Gastien faisait preuve depuis le début de l'entretien d'une assurance qu'on ne lui connaissait pas.

« Devine », répliqua-t-il.

Le novice n'eut pas à réfléchir longtemps.

« Les Magiciens sont parmi les rares à savoir se servir d'un tel appareil ; j'en déduis que ton elfe veut lire un message, sans doute de ce Mézandion... »

Il laissa planer un silence, puis commenta :

« C'est vraiment une histoire bizarre. Je serais curieux de savoir ce qu'elle cache.

– Peux-tu oui ou non nous trouver un oxylogramme ? Dans la négative, nous n'avons plus rien à nous dire.

– Il y a celui du Collège. Nous avons suivi une série de cours sur ce sujet, avec des démonstrations. Je sais où il est rangé, mais si on me voit, je serai renvoyé. Qu'est-ce que j'ai à gagner dans cette affaire ? »

La question déstabilisa le messager. En préparant cet entretien avec les Sentinelles, il avait prévu nombre de difficultés et objections potentielles, mais dans l'urgence il avait omis la plus évidente, la motivation du novice.

« On dira que c'est pour l'aventure. Être acteur d'un événement historique, c'est excitant, non ?

– Très, lâcha l'apprenti magicien. Autant que la perspective de passer quinze ans au bagne souterrain du Kézhard.

– Nous pouvons envisager une autre récompense », dit soudain une voix dans son dos.

Le novice fit volte-face. Celui qui venait de parler se tenait très près de lui et il ne l'avait même pas senti approcher, pas plus que l'autre personnage encapuchonné qui se tenait derrière.

« Kendhil ? »

L'elfon rejeta sa capuche sur sa nuque, dévoilant un visage d'une grande pâleur. Ses yeux semblaient à l'inverse avoir foncé, ce qui donnait à son regard une expression inquiétante.

« Si tu nous dénonces, reprit-il, tu seras sûrement récompensé. Et sans doute même deviendras-tu le héros de ta communauté.

– Que dites-vous là, seigneur Kendhil ? intervint Gastien, déconcerté.

– C'est une offre que je fais à cet humain. Qu'il rentre chez ses semblables et rapporte notre entrevue à ses maîtres, en omettant bien sûr quelques détails. Ensuite, il pourrait leur proposer de nous amener un oxylogramme, comme s'il avait choisi de nous aider vraiment. »

Abasourdi, Orhass rétorqua :

« C'est absurde ! Pourquoi mes maîtres me laisseraient-ils vous rendre ce service ?

– Pour apprendre ce que Mézandion a enregistré à mon intention. Une fois le message visionné, les miliciens du palais n'auront plus qu'à m'arrêter. Pourquoi refuser un tel plan ? Il est magique, non ? »

Un long silence passa. Kendhil était calme, Orhass et Gastien sans voix. Quant à Errindha, bien qu'elle fût au courant de la stratégie de son congénère, elle se demandait comment ils allaient se tirer d'un tel piège.

• 15 •
SORCIERS ET MAGICIENS

Dans la chambre de Gastien, les Sentinelles faisaient les cent pas, à la fois rassurés et anxieux. Les bonnes nouvelles concernaient Karlo et Orso. Ils avaient échappé l'un et l'autre aux crocs des sentinelles aériennes, dont l'effectif avait été réduit comme jamais en temps de paix, de mémoire de dragon. Pour la nuit, ils s'étaient cachés ensemble dans un massif montagneux, assez éloigné de la capitale pour s'y sentir en sécurité. L'inquiétude principale des elfes concernait la réussite de la mission d'Orhass, puisqu'il avait finalement consenti à cette incongrue trahison, en échange de la gloire.

Gastien était resté dehors à faire le guet devant le Dragon d'or. Le pauvre avait bien du mérite, car la pluie avait redoublé et la fraîcheur s'était singulièrement accentuée. À mesure que l'attente s'éternisait, la tension montait.

« Comment vas-tu utiliser l'oxylogramme ? » demanda Errindha, installée sur la chaise, face à la porte.

Assis en tailleur sur le coffre adossé au mur, à droite de son amie, Kendhil leva les yeux vers la poutre centrale.

« Dans l'antre de Mézandion, j'ai vu comment il fallait en disposer les pièces, mais j'ignore ce qu'il faut faire pour le mettre en fonctionnement. Nous verrons. La première difficulté à résoudre sera de fixer les pierres sur les murs et cette poutre. Espérons que ce sera la seule. »

Des grincements signalèrent que plusieurs personnes grimpaient l'escalier de bois de l'auberge. Le cœur des elfes ralentit. Ils se levèrent. Le moment de vérité était enfin arrivé. L'huis s'ouvrit et Gastien entra, suivi d'Orhass. Les jeunes gens secouèrent les pans de leur manteau ruisselant. Sur leur visage se lisait une tension nerveuse de mauvais augure.

« Tout va bien, annonça pourtant le premier. Enfin, manière de parler... Les miliciens du Magistrum cernent le quartier. Ils sont armés jusqu'aux dents et sacrément motivés pour mettre la main sur vous.

– Nous disposons d'une demi-heure avant l'assaut, enchaîna Orhass.

– Ça devrait suffire, estima Kendhil. As-tu l'oxylogramme ? »

Le novice ouvrit son manteau, dévoilant la sacoche de toile rebondie qu'il portait en bandoulière. Elle contenait une boîte rigide de forme rectangulaire.

« As-tu donné l'explication convenue, concernant Gastien ? » s'inquiéta Errindha.

L'étudiant jeta un coup d'œil complice au brave Lafouine.

« Absolument. Mes maîtres sont convaincus que c'est grâce à lui qu'ils vous ont dénichés. J'ai même cru comprendre qu'il serait récompensé. Un comble, n'est-ce pas ? »

Il jeta son manteau sur le coffre, puis donna la boîte à Kendhil qui l'ouvrit sur le lit. Elle contenait, logées dans des alvéoles molletonnées – tels des joyaux dans un écrin – trois pierres identiques, ovoïdes et luisantes. La présence d'un quatrième objet, une boule parfaitement polie, l'intrigua. Il la sortit de son logement et la présenta dans sa paume.

« Qu'est-ce que c'est ?

– La sphère-mémoire dans laquelle on emprisonne les images par focalisation magique. Je suppose que tu en possèdes une ?

– Je ne sais pas, répondit distraitement Kendhil.

– Comment ça, tu ne sais pas ? réagit Orhass. Si tu n'a pas de sphère-mémoire, aucun oxylogramme ne pourra te restituer le moindre message. »

Il soupira de découragement, pensant sans doute que ces elfes étaient décidément des créatures bien innocentes, autant dire stupides. Kendhil replaça la boule dans la boîte, puis s'empara d'une des autres pierres, qui se révélèrent être des demi-sphères. Son soulagement fut grand de constater qu'elles étaient enduites sur leur partie plane d'une substance adhésive, protégée par une plaque métallique. Il suffisait d'ôter celle-ci et de les coller toutes trois sur un support, ce qui fut fait en moins d'une minute.

Le novice fronça les sourcils. Il observait l'elfe avec un air pathétique.

« Maintenant, il faudrait que vous sortiez, toi et Gastien, dit Kendhil.

– Quoi ? C'est hors de question, je reste ! protesta Orhass.

– Je crois que ça vaudrait mieux pour toi.

– Pourquoi, puisque l'oxylogramme ne peut pas marcher ? Et quand bien même, je sais garder un secret lorsqu'on m'en confie un. C'est même une des premières qualités d'un Magicien que de savoir tenir sa langue. »

Kendhil se demanda comment il devait traiter ce contretemps.

De ses précédentes expériences dans le monde des hommes, il avait appris une méthode de tromperie couramment utilisée dans les affaires humaines : le mensonge.

« Si malgré tout je peux faire apparaître Mézandion et que son message contient une information que tu ne dois pas connaître, je serai obligé de te tuer. »

Orhass blêmit. Sa réflexion fut rapide ; il avala sa salive et choisit... de ne pas savoir.

« Soit. Nous t'attendrons en bas, devant un verre de Syrinth[1]. Quand tu auras fini, tu n'auras qu'à nous

1. Boisson légèrement alcoolisée, à base d'une plante ressemblant à la menthe.

rejoindre. Avant que la milice arrive, nous aurons bien le temps de trinquer à l'amitié, n'est-ce pas ?

– Bien sûr », approuva le Sentinelle, par politesse.

Une fois les deux garçons sortis, Errindha verrouilla la porte, tandis que son compagnon s'empressait de tirer de sa cotte la perle de Mézandion, puis de la placer sur la chaise au point de convergence des trois pierres noires. Cela fait, ils s'assirent tous les deux sur le lit et se prirent la main. Errindha ferma les yeux. Il lui sembla que la température de son compagnon avait encore baissé.

Ils n'eurent pas à patienter longtemps. La perle de Mézandion se mit à briller d'un éclat croissant, tandis que devant la chaise apparaissait une silhouette. Peu à peu, celle-ci se précisa jusqu'à former l'image en relief, au réalisme confondant, d'un homme élancé, dont le visage imberbe et le crâne rasé rayonnaient sous une lumière cristalline. Il était vêtu de la chasuble rouge passementée de vert de la confrérie des Magiciens. En dessous, il portait une fine chemise carmin et un pantalon ample de toile légère de la même couleur.

Mézandion se tenait immobile, les mains croisées, semblant attendre patiemment qu'on l'autorise à parler. Kendhil se leva et se plaça face à lui, de telle sorte que le personnage le fixait droit dans les yeux.

« Je vous écoute, seigneur Mézandion », dit-il.

Le Magicien inclina légèrement la tête. Son visage lisse, aux traits affirmés d'homme d'autorité, s'anima, telle une peinture prenant vie.

« Kendhil d'Oriadith, ne t'avais-je pas prévenu que ta quête ne pouvait que te mener à de cruelles déceptions, et en fin de parcours à ta perte ? Malgré mon avertissement, tu es allé consulter l'un ou l'autre de mes frères, à Éa-Kyrion. Certainement as-tu déclenché, à la seule évocation de mon nom, un si grand effroi qu'on t'aura arrêté et fait comparaître devant le conseil du Premier cercle. Je fais le pari que tu as été condamné sans avoir reçu la moindre explication. Ainsi, le Premier magicien aura prononcé contre toi le « sort des Maudits », consigné dans le livre des Ultimes. Bien sûr, tout cela se sera fait dans la précipitation, comme le commandent les pires phobies, et parce qu'un sursis créait un risque qu'Isuldain vienne se mêler de cette affaire. Si tu me vois en cet instant, c'est que tu as réussi à te procurer un oxylogramme et te trouves en grand désarroi. »

Le Magicien baissa les yeux, comme s'il avait à lutter contre une profonde affliction.

« Parlez-moi de ce sort des Maudits ! Quel est son effet ? » le pressa Kendhil.

Il savait pourtant que le Magicien n'était plus de ce monde, et depuis fort longtemps. La luminosité émanant de l'hologramme révélait une veine bleue courant sur la tempe gauche de l'elfon. Errindha s'en aperçut et s'en alarma, car chez les elfes c'était un signe de grande faiblesse. Elle se leva, s'approcha et posa une main sur l'épaule de son jeune ami, qu'elle sollicita du regard. Il lui adressa un bref sourire, puis murmura :

« Ça va. Ne t'inquiète pas.

– Le sort des Maudits, le terrible sort des Maudits... murmura Mézandion comme se parlant à lui-même. L'histoire de l'Empire a connu seulement deux cas où il ait été prononcé. Ce n'est donc pas un sort ordinaire. Un sort ordinaire consiste à asservir les forces naturelles à la volonté de celui qui utilise la formule adéquate. Le sort des Maudits ne fait qu'activer un sortilège qui a déjà été prononcé. Il agit à la façon d'une alarme qui réveillerait un monstre en sommeil. Cette malédiction que le Premier Magicien a déclenchée a été inscrite en toi à l'instant même de ta conception. Sans doute as-tu déjà remarqué ou éprouvé une baisse inexpliquée de ta température corporelle. Tes yeux vont s'assombrir jusqu'à devenir aussi ténébreux que ceux d'une créature de l'Obscur. Et le processus se poursuivra ainsi jusqu'à son terme. »

Le souffle coupé et la pensée figée, Kendhil encaissait ces informations sans réagir, ce qui n'était pas le cas d'Errindha.

« Il y a un espoir, seigneur Mézandion, il y a forcément un espoir ! » lança-t-elle d'une voix suppliante.

Elle voulut saisir le bras du Magicien, mais ses mains traversèrent le corps immatériel.

« J'ai longuement réfléchi aux solutions susceptibles de contrer le sort des Maudits, poursuivait l'hologramme. J'ai cherché dans les plus antiques grimoires que recèle la bibliothèque du Magistrum. En vain. C'est en osant interroger les forces de l'Occulte qu'une piste s'est finalement dessinée. L'une de ces puissances de l'au-delà a daigné me donner une réponse à la fois énigmatique et claire : “Ici aussi tout se transforme.” J'en ai déduit, avec l'effroi que tu imagines, qu'il te faudrait accepter d'échanger une malédiction contre une damnation. Voilà, cher Kendhil. Sommes-nous plus avancés ? »

Le regard du Magicien prit tout à coup une expression exaltée, comme s'il s'apprêtait à lancer un formidable défi au bon sens.

« S'il existe une possibilité, sinon d'annuler du moins de ralentir le processus, alors je sais à qui tu devras t'adresser. Une croyance populaire affirme que ce qu'un Magicien a fait, un Sorcier peut le défaire et inversement. Ceci n'est en principe vrai que pour les sorts ordinaires, car pour les Ultimes... (Il hocha négativement la tête, puis fixa de nouveau Kendhil.) Mais qui a jamais osé ? Il te faut savoir que la confrérie des Magiciens et la ghilde des Sorciers sont deux branches d'une même famille de savants. La première a fait de la connaissance et de la maîtrise de l'Ici son grand œuvre. L'Ici est ce monde où tu évolues, avec sa physique, sa chimie et ses forces en interaction. La psychologie, et même un peu les méandres de l'esprit profond, entrent dans le champ d'intérêt des Magiciens. Les Sages d'Isuldain disent que nous sommes les savants de l'Ici. » Mézandion eut un sourire triste avant d'ajouter : « La grande ironie, c'est que l'ordre des Magiciens est devenu si imbu de sa supériorité, qu'il s'est détaché du monde "des hommes ordinaires", jusqu'à n'en plus comprendre les complexes réalités.

« Les Sorciers ont choisi un autre champ de recherche et d'action : l'Occulte, qui lui n'obéit ni aux logiques ni aux certitudes de la science exacte. Les Sages disent qu'ils ont pactisé avec l'Obscur, ce qui est faux ! C'est confondre l'Occulte et l'Obscur, puisque dans l'Occulte aussi l'Obscur vit et sévit. Mais il n'en demeure pas moins que Sorciers et Magiciens sont ennemis à mort, autant d'ailleurs qu'ils se ressemblent dans leurs défauts et leurs capacités. Il n'est qu'une circonstance historique où on les vit s'allier, lorsque l'Obscur crut pouvoir s'emparer des terres d'Isuldain à l'avènement de l'empereur.

« En somme, ce que je te suggère, c'est de tenter l'impossible auprès d'un sorcier. J'ignore lequel, le premier d'entre eux peut-être. Mais il est aussi le plus dangereux. À l'heure où je te parle, le Primat de la ghilde s'appelle Kher Idiaz. Un personnage étrange, dont on se demande ce qu'il lui reste d'humain... Les Sorciers ont été exilés, parqués plus exactement, dans une contrée censée leur ressembler et nommée les Mondes Glauques. Le paradoxe, c'est que cette région occupe le centre de l'Empire et que ce qui s'y passe ne cesse d'influencer ce dernier. Si tu décides de t'y rendre, que ce soit seul, car ton dragon pourrait ne pas davantage en revenir que toi. Ce que je veux dire, c'est que si un Sorcier parvient à contrer le sort des Maudits, tu dois t'attendre à ce que son monde devienne aussi le tien. »

Mézandion marqua une pause avant de conclure :

« Tant que tu porteras sur toi la parcelle de mon âme, je pourrai rester actif et te donner un peu de mon pouvoir de Magicien. Je ne suis pas voyant, mais si tu survis à cette épreuve, je te prédis un destin hors du commun. Plus que cela même... tellement plus. »

L'image de Mézandion se figea, puis s'estompa rapidement. Kendhil se détendit, prit une profonde inspiration, puis déclara avec une légèreté inattendue :

« Moi qui voulais de l'aventure, je ne suis pas déçu. »

Errindha préféra se taire. Pour elle, le mot aventure était synonyme de cauchemar.

• 16 •
PITEUSE MILICE

Dans la grande salle de l'hostellerie, Orhass et Gastien s'impatientaient en silence. Ils étaient attablés l'un en face de l'autre devant un gobelet d'étain qu'ils trituraient d'un air absent, indifférents au voisinage bruyant d'un groupe de jeunes gens qui, à l'inverse, passaient un joyeux moment à se raconter des plaisanteries et à boire. Le novice attrapa la cruche de Syrinth et servit le garçon roux sans lui demander son avis.

« Ça ne doit pas t'arriver souvent de trinquer avec un futur Magicien, hein ? lança-t-il.

– Non, et si tu veux savoir, ça ne m'a pas manqué.

– Ah ? Pourtant nous sommes l'élite de l'Empire. Tu devrais être fier. »

Gastien dévisagea Orhass, lequel comprit à l'expression de son vis-à-vis qu'il appartenait plutôt à l'élite de la sottise. L'élève Magicien ne s'en offusqua pas et même reconnut :

« Tu as raison, ce n'est pas très malin, ce que je viens de dire. »

Chacun se tut à nouveau, puis Gastien se décida à poser la question qui lui brûlait les lèvres depuis un moment :

« Crois-tu qu'une fois les elfes Sentinelles arrêtés, la milice me permettra de leur témoigner mon amitié avant de les emmener ?

– Je ne crois pas, non.

– Pourquoi ? Sont-ils si cruels, ces miliciens ?

– Ce n'est pas une question de cruauté, mais ils ont ordre de les tuer dès qu'ils auront mis la main dessus. C'est à leur cadavre que tu pourras témoigner ce que tu veux.

– Orhass... non, ils n'oseraient pas ! Tu ne me l'avais pas dit, ça.

– À quoi ça aurait servi puisque, de toute façon, ils étaient condamnés ? Ma confrérie ne peut se permettre de laisser circuler et bavarder librement qui que ce soit susceptible d'être interrogé par la police impériale, même si ce sont des elfes. »

Gastien hocha tristement la tête.

« Dans quel monde vivons-nous ? » s'affligea-t-il à mi-voix.

Ils restèrent sans parler encore un moment, jusqu'à ce qu'une pensée traverse l'esprit du jeune serviteur :

« Si tu dis vrai, alors moi aussi je suis susceptible de parler à la police impériale. »

Le novice le dévisagea et ses traits se contractèrent. Ce qu'il était en train de réaliser lui fit perdre le teint rosé que lui avait donné la Syrinth.

« Et toi aussi, confirma Gastien en le pointant de l'index. Orhass, si nous restons là, nous allons mourir. »

Le novice força un rire en haussant les épaules.

« Allons, ne sois pas stupide, dit-il. Je suis un élève du plus prestigieux collège de l'Empire, et un futur membre de l'ordre des Magiciens. Jamais ils ne feraient une chose pareille. Toi, en revanche, il est possible que tu ne bénéficies pas de la même mansuétude. Mais enfin, garde confiance quand même. »

Gastien avait déjà pris sa décision. Tandis que le novice parlait, il explorait la salle du regard, cherchant une issue autre que la porte principale. Son souffle s'accéléra et ses mains se mirent à trembler. Il examina de nouveau Orhass :

« Tu me dénonceras, si je fuis ?

– Non.

– Foi de Magicien ? »

Le novice se mit à trembler lui aussi.

« Gastien, je... je crois que je vais venir avec toi.

– Alors c'est maintenant ! »

Les deux garçons se levèrent et, rapidement mais sans précipitation, ils allèrent parler à la tenancière de l'hostellerie qui somnolait derrière son comptoir, les mains croisées sur sa bedaine. Elle hocha la tête, puis indiqua à ses jeunes clients une porte basse dans le fond de la salle, dissimulée derrière un lourd rideau noir. Orhass paya leurs consommations, puis les deux garçons se précipitèrent vers cette sortie dérobée, sous le regard intrigué mais complice de la femme. Quelques minutes plus tard, les miliciens du Magistrum surgissaient, avec fracas et arrogance. Ils réclamèrent que l'aubergiste leur indique la chambre « d'un certain Gastien, dit Lafouine ». Sans se départir de son air bourru, la femme lâcha comme un crachat :

« Premier étage, à droite. Celle du fond. »

Une dizaine de soldats se précipitèrent dans l'escalier. La moitié était armée de gourdins, l'autre de terrifiantes lames effilées. Une fois devant la porte, ils s'y mirent à deux pour l'enfoncer de l'épaule. L'huis céda au second assaut. Ils s'engouffrèrent dans la pièce sombre, en poussant des hurlements afin de tétaniser de peur leurs victimes. Mais le silence retomba presque aussitôt.

« Où sont-ils ? OÙ SONT-ILS ? » cria l'un des miliciens déconfits.

Sur les toits !

Kendhil et Errindha n'avaient pas oublié qu'ils étaient des Sentinelles d'Oriadith, les plus habiles grimpeurs de l'Empire, disait-on. Et c'était vrai ! Une fois le message de Mézandion terminé et les trois éléments de l'oxylogramme remis dans la besace d'Orhass, il leur avait été facile de se glisser par l'étroite fenêtre de la chambre, puis de s'évader par-dessus la tête des miliciens qui hantaient les rues. Ils avaient cependant pris leur temps, car la pluie avait rendu dangereusement glissantes les tuiles plates vernissées. C'est ainsi qu'ils avaient pu assister à une scène inattendue, qui devait les laisser dans la plus grande perplexité. Au fond d'une impasse crasseuse, à l'arrière du Dragon d'or, ils avaient vu sortir précipitamment deux jeunes gens, dont un novice du collège du Magistrum, aisément reconnaissable à sa tenue bordeaux. Rasant le mur, ils s'étaient d'abord rendus à l'entrée de l'impasse, puis l'un d'eux avait prudemment jeté un regard, comme pour s'assurer que la voie était libre. La rue étant surveillée, ils étaient restés longtemps hésitants, jusqu'à ce que le rusé Lafouine, puisqu'il s'agissait bien de lui, repère les tonneaux alignés de part et d'autre de la porte par laquelle ils s'étaient enfuis. Les deux premiers qu'ils inspectèrent étant vides, ils s'y cachèrent, refermant soigneusement le couvercle sur leur tête. Kendhil avait été un instant tenté de descendre pour leur proposer de partir avec eux, mais la sagesse l'avait retenu.

« Nous les retrouverons un jour, avait déclaré Errindha à voix basse. Nous saurons alors les remercier comme savent le faire les elfes. »

Dès lors, et jusqu'à ce qu'ils aient passé le rempart de la capitale, ils ne s'arrêtèrent que pour franchir des obstacles.

• 17 •

LA PORTE DU ROYAUME DES SORCIERS

Karlo fut prévenu par Orso un peu avant l'aube. Il fut d'autant plus vite en l'air qu'il ne dormait que d'un œil, au bord du plateau sur lequel il s'était posé avec son compagnon à plumes, gardant l'autre fixé sur les lointaines lumières d'Éa-Kyrion. Sa joie était telle qu'il distança l'aigle sans songer qu'un prédateur pouvait patrouiller dans le secteur. Il arriva au lieu de rendez-vous à l'instant même où le soleil dardait ses premiers rayons à l'horizon, sur la frange montagneuse des Crocs d'Oriadith. Kendhil et Errindha étaient bien là, assis près d'un petit monument de pierre à moitié en ruine, au sommet d'une colline herbeuse. Le dragon les salua à sa manière par un looping acrobatique à leur aplomb, qui s'acheva en un atterrissage mal contrôlé. Déséquilibré, il roula sur la pente, écrasant quelques malheureux arbustes qui, eux, ne se relevèrent pas.

« Maudit terrain ! » maugréa Karlo.

Un dragon d'Hélion avait sa fierté, il reconnaissait rarement ses maladresses. Et il avait sa pudeur ;

quand il était heureux ou excité comme un elfant, il affectait une désinvolture bourrue.

« Je passais par là », mentit le mastodonte.

Les Sentinelles se levèrent et approchèrent.

« Bonjour, Karlo. Tu ne t'es pas trop inquiété ? » s'enquit poliment l'elfide.

Le dragon émit un grondement. Enfin, il prêtait attention à ses amis. Le ton et l'expression de la Sentinelle montraient à l'évidence que ça n'allait pas au mieux. Surtout, il trouva son alter ego d'une pâleur alarmante.

« Que s'est-il passé ? » demanda-t-il.

Il baissa la tête, comme s'il essayait aussi par l'odorat d'évaluer l'état physique de son frère de lait. Errindha regarda Kendhil, car c'était à lui de révéler la gravité de sa situation. Celle-ci se lisait autant dans ses yeux, dont l'iris était devenu noir, qu'aux veines bleues apparues sur son visage et sur ses mains.

« Mon pauvre Karlo, commença l'elfon, si tu pensais qu'on allait rentrer chez nous et reprendre nos jeux dans nos montagnes, tu vas être déçu.

– Pourquoi ? Quelqu'un t'aurait-il fait du mal ?

– Celui qui a prononcé de méchantes paroles à mon égard et que tu as écrasé avec ton gros derrière. Malheureusement, il n'était qu'un acteur dans une tragédie où les autres ne sont que des ombres, pour certaines du passé.

– Viens-en aux faits, j'ai le sang qui commence à bouillir.

– En résumé, je suis victime d'une malédiction, liée à ma naissance, qui était et reste un mystère. Si je ne trouve pas un esprit savant pour contrer le mal, mon corps va se dégrader et mon esprit se transformer en quelque chose que je préfère ignorer...

– Mais il y a un espoir ! s'empressa d'enchaîner Errindha. Un Sorcier pourrait défaire ce qu'un Magicien a fait, c'est du moins ce que nous a suggéré Mézandion. Nous devons donc en chercher un qui soit assez puissant pour cela.

– Allons-y ! lança Karlo en déployant ses ailes immenses. Où trouve-t-on ce genre de médecin ?

– Dans une région qu'on appelle les Mondes Glauques, répondit Kendhil. Nous savons seulement qu'elle se situe quelque part au centre de l'Empire. »

Karlo n'avait pas besoin d'en savoir davantage.

« Grimpez, je trouverai ! »

Effectivement, après s'être arrêté plusieurs fois pour se renseigner auprès d'humains bienveillants (ou qui n'avaient pas eu le temps de fuir), le trio, suivi de près par l'aigle d'Errindha, parvint en vue d'un horizon verdâtre au-dessus duquel stagnaient des brumes grises. Ce qu'il restait d'optimisme chez les Sentinelles acheva de fondre à la vision de ce sinistre panorama.

« Karlo, descends, demanda Kendhil. Il me semble que j'aperçois une voie. »

En planant, le dragon perdit lentement de l'altitude, jusqu'à survoler en effet une route, si délabrée et conquise par la végétation qu'elle n'apparaissait plus qu'en pointillés. Ils finirent par atteindre les brumes qui se révélèrent être des nuages bas, sous lesquels la visibilité était à peu près correcte. Au détour d'une colline boisée, ils se retrouvèrent tout à coup devant une architecture si haute et si massive que le dragon dut effectuer un virage serré pour ne pas la percuter.

« Holà ! Ils pourraient mettre un panneau pour prévenir », maugréa-t-il.

Sa plaisanterie n'inspira aucune réplique à son alter ego qui, depuis quelques minutes, endurait un accès de faiblesse, à moins que ce ne fût d'angoisse.

« Karlo, pose-toi devant ce monument », ordonna-t-il.

Une fois au sol, Kendhil s'avança pour admirer l'édifice, dont le gigantisme l'obligeait à lever la tête pour pouvoir l'embrasser tout entier d'un seul regard. Errindha vint le rejoindre.

« Jamais je n'aurais cru qu'il pût exister une telle œuvre de pierre », déclara-t-elle.

Cela ressemblait à un portique trapézoïdal, en grande partie recouvert d'une moisissure vert-de-gris et, ici ou là, de longues plantes tombantes. Il était flanqué de deux statues représentant des guerriers caparaçonnés, les mains en appui sur la garde de leur épée longue, piquée au sol entre leurs pieds. Ces figures évoquèrent aux Sentinelles des combattants des temps anciens, c'est-à-dire d'avant la création de l'Empire, tels qu'ils en avaient vus dessinés dans certains livres de la Maison Mémoire de leur communauté. Ceux-là avaient une particularité qui attira l'attention de Kendhil : leur casque à nasal coiffait une tête de mort. Un puissant glapissement résonna dans le ciel.

« Orso ! » s'exclama Errindha.

L'aigle répondit par un second cri, tout en virant au-dessus de la tête des funèbres gardiens de pierre. Il trouva celui de droite assez à son goût pour s'y poser.

« Je n'aime pas beaucoup cet endroit, déclara Karlo.

– Moi, pas du tout, renchérit Kendhil. Pourtant, il faut bien que j'y aille... seul.

– Seul ? réagit Errindha.

– Oui, ainsi que Mézandion me l'a recommandé. Je ne sais pas trop quoi vous suggérer, sinon de m'attendre ici. »

L'elfide se retourna vers le dragon.

« Qu'en penses-tu, Karlo ?

– J'en pense que ça ne me plaît pas et qu'avec ce fichu brouillard, je ne vais pas pouvoir veiller sur ce galopiot de Kendhil. Il n'y a vraiment aucune autre solution ?

– Aucune », répondit laconiquement l'elfon.

Il adressa un sourire affectueux à son dragon, puis se tourna vers sa compagne.

« Si je survis, je propose que nous nous retrouvions à Oriadith.

– J'ai une meilleure idée. Je vais demander à Orso de t'accompagner. Il sera nos yeux, et si tu as besoin de nous, nous te rejoindrons en quelques minutes. N'est-ce pas, Karlo ?

– En quelques secondes, oui ! »

Une bouffée d'optimisme réchauffa le cœur de Kendhil. Il n'osait le dire, mais cette séparation lui pesait aussi douloureusement qu'un adieu définitif. La présence d'Orso l'aiderait sûrement à garder confiance. Il leva les yeux vers l'oiseau qui, lui-même, ne ratait rien de cette scène poignante. Il s'envola, comme pour signifier qu'il était temps de repartir.

Avant de tourner les talons pour franchir la porte du royaume des Sorciers, Kendhil fit un geste qui plongea Errindha dans le ravissement : délicatement, il lui prit le visage entre ses mains et posa sur ses lèvres un « souvenir[1] ».

L'elfide le lui rendit aussitôt.

« Et moi ? » réclama Karlo.

Il n'eut droit qu'à un salut de la main, et il sut s'en contenter.

1. Il s'agit d'un baiser. Voir *Les Maraudeurs d'Isuldain*, dans la même collection.

• 18 •
MYTHRITE

Kendhil avait perdu la notion du temps.

Depuis combien d'heures marchait-il sur ce chemin, dont le sol spongieux émettait de répugnants bruits de succion à chacun de ses pas ? L'environnement était comme figé entre deux instants, ce qui donnait la dérangeante impression qu'il appartenait à un autre monde. Il n'y avait pas un souffle d'air, pas un son, pas une ombre dans cette lumière grise... Mais le plus oppressant pour l'elfe était l'absence totale d'êtres vivants, hormis les mousses, les lichens, l'herbe et les arbres au tronc noir qu'on se serait plutôt attendu à trouver sur les terres de l'Obscur. Au-delà de quelques centaines de pas, l'horizon était bouché devant, derrière, partout ! si bien que l'elfe avait le sentiment de marcher sans avancer.

Il finit tout de même par arriver en vue d'un bois que longeait la route par la droite. En face, s'étendait toujours la morne lande, où alternaient des plans d'eau glauque cernés d'ajoncs et de forêts de roseaux, et des zones herbeuses ressemblant à des prés à l'abandon.

Il chercha du regard Orso, mais ne vit que le plafond nuageux, qui lui parut moins bas. C'est alors que son ouïe elfique capta un son évoquant des cliquetis d'épées. Il s'immobilisa, se concentra... Cela venait de la lande, au-delà d'une barrière végétale, vestige d'une haie séparant deux pâtures. Et c'était bien un combat à l'épée qu'il entendait.

Avec prudence, il quitta le chemin pour se diriger vers cet alignement de ronces et d'arbres, dont l'un d'eux constituerait un poste d'observation idéal. Bientôt, il était juché à califourchon sur l'une des branches maîtresses. À travers le feuillage d'un vert très sombre, il essayait en vain d'apercevoir le duel. Les lames s'entrechoquaient pourtant tout près ; il pouvait même entendre les grognements d'un des combattants. Au risque d'être repéré, il changea de branche. Par une trouée plus large, il parvint enfin à apercevoir un guerrier, bardé de plaques de fer, qui lui tournait le dos. L'homme reculait en titubant, laissant suggérer qu'il venait de prendre un mauvais coup. Son adversaire était encore dissimulé par un vestige de mur constitué d'un empilement de grosses pierres moussues. Une voix s'éleva alors :

« Cette fois, mon assaut te sera fatal ! »

Kendhil écarquilla les yeux ; c'était une voix féminine ! Une jeune femme apparut, toute de gris anthracite et de masculine façon vêtue : pantalon, chemise et cotte de toile. Son abondante chevelure noire comme du jais évoquait une crinière de lion, et c'est comme une panthère qu'elle bondit sur son adversaire. Celui-ci ne se laissa pas surprendre. Prise à contre-pied, la fille roula à terre, lâchant sa lame qu'elle voulut aussitôt reprendre, mais le pied du guerrier écrasa son poignet droit. Imprudemment, Kendhil bougea et fit craquer une branche. L'homme en armure releva la tête, puis fit pivoter son buste pour ne pas avoir à changer ses appuis. Sa figure était horrible, immonde, répugnante !

Kendhil domina son effroi afin de mieux la détailler. Alors il comprit. En admettant qu'il se fût agi d'un être humain, on l'avait sans doute sorti de sa tombe, car il avait la physionomie d'une momie. Une certitude s'imposa au Sentinelle : la jeune fille était en danger. N'écoutant que son courage, il sauta à terre, tira sa dague, puis se lança à toutes jambes dans une charge héroïque.

Quand il fut sur le guerrier, celui-ci avait enlevé son pied qui immobilisait le bras de son adversaire. Il accueillit Kendhil non pas à la pointe de son épée, mais d'un mouvement fauchant de l'avant-bras, qui fit littéralement voler l'elfon. Le malheureux atterrit sur le dos dans une herbe heureusement moelleuse. Malgré la violence du coup, il ne lâcha pas sa dague elfique. Mais il n'eut pas le loisir de s'en servir ; le guerrier leva un pied au-dessus de lui, puis l'immobilisa en lui écrasant la gorge. Vaincu, grimaçant, Kendhil bredouilla sa reddition.

La fille apparut dans son champ de vision. Son visage, d'une blancheur qui contrastait avec la couleur de ses cheveux, marquait l'étonnement. Ses traits d'une grande finesse – pommettes hautes, bouche aux lèvres très minces et yeux en amande – étaient inhabituels pour une humaine. Ses fins sourcils et son front fuyant renforçaient son animalité.

« Lâchez-le, chevalier », ordonna-t-elle.

Le guerrier à face de mort ôta son pied et recula, tel un serviteur docile. Kendhil se redressa sur un coude, se massa la gorge, puis se remit péniblement debout. La jeune fille, de la même taille que lui, l'observa longuement de ses yeux noirs qu'on devinait plus qu'on ne les voyait sous ses paupières à peine fendues.

« Je n'ai jamais vu un spécimen de votre espèce, déclara-t-elle. D'où venez-vous ?

– De l'empire d'Isuldain.

– On s'en serait douté, grommela-t-elle avec agacement. Mais encore ? »

Elle leva brusquement son épée et, d'un geste aussi vif que précis, la rengaina. C'est alors que Kendhil vit surgir une ombre dans son dos.

« Non ! » cria-t-il en levant une main.

L'humaine n'eut pas le temps de se retourner. Poussant un cri aigu, Orso s'abattit sur ses épaules, la projetant contre Kendhil.

« Orso, tout va bien ! lança Kendhil. Va-t'en ! S'il te plaît ! »

Tout en se débattant pour chasser l'agresseur, la fille poussait des hurlements de colère et de douleur mêlées. L'aigle redécolla et s'éloigna, à distance cependant raisonnable. Il alla se poser sur l'une des plus hautes branches d'un arbre d'où il pouvait revenir en quelques secondes. Furieuse, la jeune fille se releva, se tordit le cou pour tenter d'évaluer les dégâts causés par les serres de l'oiseau sur ses épaules. À droite, sa cotte de cuir était déchirée sur plusieurs centimètres. À travers l'un des accrocs, la chair avait été lacérée.

« Je suis désolé, s'excusa Kendhil. Il a cru que j'étais en danger et n'a fait que voler à mon secours. »

L'humaine planta son regard farouche dans celui de Kendhil, qui crut un instant qu'elle allait lui sauter à la figure pour lui arracher les yeux.

« Mon chevalier n'a pas agi autrement avec vous, reconnut-elle. Je ne puis donc en vouloir à votre ami... Orso, c'est cela ? J'en déduis que vous êtes un elfe d'Oriadith. »

Elle souriait, ce qui ne mit pas pour autant Kendhil en confiance.

« En effet. Puis-je voir votre blessure ? »

Intriguée, elle se laissa faire. L'elfon se contenta d'appliquer sa paume sur les plaies, comme il l'avait fait sur le front du garçon moribond, dans un village près d'Éa-Kyrion.

« Ça alors, je ne sens presque plus rien, dit-elle, stupéfaite. Seriez-vous Magicien ?

– Un peu, mais j'ai peur de vous fâcher en l'avouant.

– Un peu », minauda-t-elle.

Le Sentinelle ramassa sa dague qu'il remit au fourreau.

« Je m'appelle Kendhil.

– Je suis Mythrite. Que fait donc Kendhil d'Oriadith au pays maudit des Sorciers ?

– Si je vous dis que je ne fais que passer, vous ne me croirez pas.

– ... »

L'elfe hocha la tête. Il regarda ses mains veinées de bleu.

« Je viens échanger une malédiction contre une damnation », finit-il par révéler tristement.

Mythrite ne sut que dire et resta silencieuse plusieurs secondes, s'interrogeant sans doute sur le sens caché de cette formule.

« Suivez-moi ! proposa-t-elle tout à coup.

– Où ?

– Chez mon père, le Sorcier Hérémeth d'Akréon. »

• 19 •
LA MAISON DU SORCIER D'AKRÉON

« Il faut que je vous avertisse... » annonça Mythrite alors qu'ils traversaient une grande prairie d'herbe rase.

Ils avaient marché un long moment sans parler, comme s'ils craignaient l'un et l'autre de se trahir par quelque propos irréfléchi. Kendhil avait eu largement le temps d'observer son guide... et de s'interroger sur elle. Sa démarche ample et souple suggérait une personnalité « légère ». Insouciance enfantine ou indifférence, Kendhil n'aurait su le dire. Il sentait aussi chez cette fille une forme d'intérêt à son égard, qui n'était pas seulement de la curiosité, quelque chose de l'ordre de l'appétit, ce qui n'était pas fait pour le rassurer.

« ... Mon père a une spécialité qui pourrait vous causer une certaine inquiétude, poursuivit-elle de sa voix flûtée, après avoir laissé planer malicieusement un long silence.

– Tous les Sorciers ne sont-ils pas inquiétants par nature ? »

Elle le fusilla du regard.

« C'est ce qu'on enseigne chez les elfes, comme chez les Magiciens ? Pourtant, notre histoire est sûrement davantage celle de la victime que de l'odieux criminel. Vous devriez savoir que l'ordre du Magistrum est responsable de notre exil sur ces terres ingrates. Mais cela pourrait finir par changer, un jour, ou bien une nuit », conclut-elle d'une voix sucrée.

Une expression de joie cruelle passa sur son visage, et son regard parut contempler cette perspective comme la promesse d'une délectable vengeance.

« Quel est donc cette spécialité de votre père qui devrait m'inquiéter ? demanda Kendhil.

– Il collectionne les corps. (L'expression effarée de l'elfe la fit sourire.) Disons qu'il est une sorte de taxidermiste. Voyez ce chevalier qui nous suit, tel un chien son maître... »

Kendhil jeta un coup d'œil par-dessus son épaule. Le guerrier mort-vivant qui les talonnait de sa démarche un peu mécanique, l'épée en main, avait de quoi susciter la répugnance du plus endurci des elfes de l'Empire.

« Son corps n'a plus d'âme, pourtant il bouge et m'obéit. Mon père l'a récupéré sur un champ de bataille, avec quelques autres héros malchanceux. Il a placé dans son crâne un esprit rustre, qui l'anime en fonction de mon bon vouloir. Nous possédons chez nous quelques autres *métamorts* comme celui-ci.

– Intéressant, lâcha poliment Kendhil. Et cela arrive-t-il à votre père de tuer pour enrichir sa collection ?

– Cela lui arrive », répondit Mythrite sur un ton allusif des plus déplaisants.

Bientôt, ils rencontrèrent une route dallée qui les mena à une demeure comme Kendhil n'en avait jamais vu. Bâtie au cœur d'un somptueux parc arboré, son architecte l'avait conçue massive à l'image d'une colline rocheuse. Constituée d'une succession d'élévations trapézoïdales de plus en plus grandes, elle semblait avoir été taillée dans la pierre même. Son propriétaire laissait prospérer les lichens et les mousses sur ses murs gris, ce qui lui donnait l'aspect d'un temple de quelque antique civilisation disparue. De sinistres bas-reliefs entre les hautes ouvertures en trapèze parachevaient sa fière austérité.

L'attention de Kendhil fut attirée par un homme de petite taille, en chemise et pantalon gris qui ratissait des feuilles mortes sous un arbre. Sa tête était assurément celle d'un métamort, avec de grandes oreilles pointues.

« C'était un elfe ? s'enquit-il, frissonnant d'horreur.

– Qui ? Oh non, pas du tout ! C'est un gnome de Ligourie. Je vais vous présenter à mon père. Peut-être pourra-t-il vous aider à résoudre vos problèmes.

– Je l'espère », murmura Kendhil, sans optimisme.

À leur approche, les deux battants d'une porte à demi vitrée, parcourue de volutes en fer forgé, s'écartèrent devant eux. Kendhil crut d'abord à l'action d'une quelconque magie. En fait, c'étaient deux autres gnomes de Ligourie postés derrière qui les avait tirés, par des poignées aménagées à leur hauteur. Mythrite fit pénétrer Kendhil dans un hall où régnait une atmosphère humide et glaçante. Des plantes grimpantes tapissaient en partie les murs de pierre brute.

« Je vais vous faire patienter dans ce salon », annonça la jeune fille en désignant d'un geste élégant une porte au chambranle en trapèze.

Les petits serviteurs se hâtèrent de venir pousser les battants devant l'elfon qui pénétra dans une salle très haute de plafond, baignée de lumière grise. Quand l'huis claqua en se refermant, Kendhil eut la désagréable sensation d'être abandonné dans quelque horrible tombeau. Sans doute l'ambiance funèbre du lieu y était-elle pour quelque chose. Pourtant, ni poussière ni toile d'araignée n'y témoignait du lent passage du temps... C'était une immense bibliothèque où quantité de grimoires, parfois de taille impressionnante, étaient entreposés dans des dizaines de niches de pierre. Une longue table de bois servait apparemment pour la consultation, car plusieurs ouvrages étaient posés dessus, certains ouverts. Kendhil prit conscience de son état de fatigue en avisant un large fauteuil, dont le haut dossier était recouvert de cuir craquelé. Il s'y installa, puis attendit.

Il s'était assoupi quand un souffle glacé lui caressa le visage. Il rouvrit les yeux et sursauta de peur. Quelqu'un était penché sur lui... ou plutôt, une silhouette. Mouvante, floue... une brume noire à forme humaine. Il réalisa qu'il s'agissait d'un spectre, un curieux sans doute, venu *humer* ce visiteur à sang chaud. Les elfes Sentinelles apprennent très tôt que plusieurs mondes coexistent en un même lieu, dont le monde visible dans lequel ils évoluent et qu'on nomme l'Ici. Ces réalités parallèles sont séparées par des *couloirs d'errance*, sortes de dimensions intermédiaires hantées par des entités de diverses origines, le plus souvent égarées. Les aînés instructeurs recommandent aux elfants de se méfier particulièrement de certaines d'entre elles – les spectres – qui ont la capacité d'agir dans l'Ici, et donc sur ceux qui y vivent. Celui-là n'avait pas l'air particulièrement hostile, mais à coup sûr dangereux s'il venait à s'éprendre de cet hôte peu ordinaire.

Le nuage humanoïde s'éloigna subitement, comme s'il avait eu peur. Il tourna la tête vers l'entrée de la salle et s'évapora. Kendhil perçut une présence, qui venait d'entrer dans la bibliothèque. Elle était puissante et d'une grande autorité. Il se leva et lui fit face.

« Seigneur Hérémeth d'Akréon », dit-il en s'inclinant à la manière elfique.

L'homme répondit de même :

« Seigneur Kendhil d'Oriadith. »

Puis ils se détaillèrent mutuellement.

• 20 •
NUIT DE CAUCHEMAR

Hérémeth d'Akréon était un être humain, certes, mais si différent ! Non pas tant par son physique élancé, émacié et pâle que par ce qui émanait de lui. Il y avait du métamort chez cet homme, ce que confirmaient ses yeux sombres, vides d'expression. Il était vêtu de la chasuble conventionnelle de sa ghilde, violet et noir, et coiffé d'une toque violette, ronde, ornée d'un médaillon représentant un squelette humain chevauchant, l'épée brandie, une monture noire au galop. C'est lui qui rompit le long silence :

« Je vous trouve bien anémique. Depuis combien de temps n'avez-vous pas mangé ? »

Kendhil s'étonna d'une telle sollicitude.

« J'avoue ne plus me souvenir de mon dernier vrai repas. »

Un sourire amical étira les lèvres minces du Sorcier.

« Alors nous commencerons par là. Veuillez me suivre, je vous prie. »

Le Sorcier tourna les talons et sortit. Dans le hall, il lança dans une langue inconnue un ordre à un métamort de taille normale, qui se distinguait par sa longue robe violette et l'écritoire qu'il transportait sous un bras. Ce devait être le scribe du maître de maison. Kendhil aperçut tout à coup un petit quadrupède roux, au pelage miteux. Il identifia un animal domestique commun chez les humains, qu'ils appellent un *chien*. Celui-là avait juste la particularité d'être un métamort. Apercevant l'elfe, il trottina vers lui pour le renifler de sa truffe racornie.

Hérémeth d'Akréon conduisit son hôte dans une immense pièce comportant une partie salon – où trois énormes fauteuils de cuir tendaient leurs accoudoirs – et une partie salle à manger. Une table à l'épais tablier de chêne y était disposée devant une grande cheminée, pour l'heure éteinte. Kendhil fut invité à s'installer à un bout, tandis que le maître prenait place à l'autre. Des serviteurs pénétrèrent bientôt dans la pièce, gnomes et autres métamorts à la démarche hésitante, qui entreprirent de mettre le couvert. Mythrite fit à son tour son apparition, souriante, souple et vêtue elle aussi d'une ample robe violette. Une femme élancée lui ressemblant presque trait pour trait, bien que plus âgée, l'accompagnait. Kendhil en déduisit qu'il s'agissait de sa mère.

« Nous dînons bien tôt », lança cette dernière sur un ton cassant.

Elle orienta vers l'hôte briseur d'habitudes les deux fentes menaçantes de ses yeux.

« Voici donc ta trouvaille, ma fille, grinça-t-elle. Ne dirait-on pas un elfe ?

– Sentinelle d'Oriadith », précisa Mythrite en venant s'attabler à gauche de Kendhil, dos à la cheminée.

Malgré ses difficultés à supporter une atmosphère aussi pesante, et surtout une faiblesse grandissante, Kendhil tenta de faire bonne figure. Il inclina la tête pour saluer la dame.

« Soyez le bienvenu, seigneur Sentinelle, répondit-elle. Il est rare que nous ayons l'honneur d'accueillir un elfe à notre table. En vérité, cela ne s'est jamais produit. Que vous est-il donc arrivé ? »

Mythrite ravit la parole à Kendhil :

« Il est victime d'une malédiction, que je parierais prononcée par les Magiciens.

– Ah tiens ? » s'étonna la dame, en faisant pivoter vers l'elfon un visage intrigué.

C'est alors que Kendhil remarqua sa chevelure noire, rassemblée avec sophistication, en une sorte de cône incliné sur la droite.

« Cela se voit, enchaîna son mari. Mais je me demande bien quel genre de sort nos frères ennemis ont pu prononcer contre vous, seigneur Kendhil.

– Le sort des Maudits », répondit l'elfe.

La stupeur figea les traits du Sorcier.

« Le sort des Maudits ! répéta-t-il avec une émotion surprenante pour un homme d'une telle froideur. Voyons, il est écrit dans le livre des Ultimes ! Jamais il n'a été prononcé en dehors de circonstances extrêmement... comment dire ? impérieuses. Qu'avez-vous donc fait ? »

Kendhil le regarda droit dans les yeux avant de donner une réponse qui ne pouvait qu'accroître sa perplexité :

« Je suis né. »

Sur ce, deux métamorts apportèrent une soupière de métal gris qu'ils déposèrent au centre de la table. Puis ils servirent à chacun un potage vert et froid que Kendhil eut le plus grand mal à avaler. Pressé de questions, surtout par la jeune fille, il finit par raconter son histoire qui en fait tenait en peu de mots. Le deuxième plat arriva quand il eut terminé. Les serviteurs déposèrent devant chacun une grande assiette ronde, coiffée d'une cloche métallique.

« Voilà qui dépasse mes compétences... » commenta Hérémeth d'Akréon.

Mais il s'empressa d'ajouter :

« En principe. Tout dépend de ce que vous êtes. Il faudrait que j'interroge les Forces de l'Occulte. L'une d'elles acceptera bien de m'éclairer à votre sujet. En attendant, mangeons ! »

Les métamorts soulevèrent les couvre-plats et les emportèrent. Kendhil considéra le contenu de son assiette. C'était noirâtre, enduit d'une sauce marron. Cela avait des moignons de pattes charbonneux. On eût dit un rongeur obèse aux petits oignons. Il leva un visage livide de dégoût vers son hôte qui réagit instantanément :

« Ôtez cela de sa vue. Vite ! » ordonna-t-il.

C'est sa fille qui s'en chargea.

« Pardonnez-moi, seigneur Kendhil, s'excusa-t-il, j'aurais dû me rappeler que les elfes abhorrent la viande. Nous allons vous faire servir autre chose, à base de végétaux. »

L'elfe ne bougeait plus. Il ferma les yeux, puis lentement bascula sur le côté.

« Il a un malaise ! » s'écria Mythrite, rattrapant de justesse le jeune Sentinelle dans ses bras.

Kendhil n'eut pas conscience qu'on le transportait, puis l'allongeait sur une confortable couche. Toutefois, il vit se mouvoir des formes autour de lui, des ombres, des lumières, des taches de couleur terne... Puis son corps s'allégea, au point qu'il finit par ne plus le sentir. La nausée avait disparu, envolées aussi la fatigue, les angoisses et la peur. Il voulut regarder en arrière et distingua dans la pénombre un jeune homme brun, allongé, vêtu d'un surcot de laine végétale, armé d'une dague au côté... La boucle de son ceinturon lui évoquait quelque chose de familier. Métal et émail, sa forme suggérait deux samares[1] de frêne, liées tête-bêche...

« C'est ma ceinture ! s'exclama l'elfon en pensée. C'est moi ! »

1. Graine pourvue d'une membrane en forme de demi-hélice, qui la fait tournoyer en tombant.

Il s'était enfin reconnu, étendu sur un lit, les yeux fermés... Mort ? Son âme se glaça d'épouvante. Une présence à ses côtés le fit pivoter vivement. Un homme se tenait tout près, en habit rouge. Mézandion ? Non, il s'agissait du Primat des Magiciens, Exion II. Oui, c'était bien ce dernier, furieux autant que haineux. Une main agrippa son bras gauche, celle d'une créature infernale, un métamort ! Sur le coup, Kendhil crut qu'il souriait. Mais c'étaient les dents à nu de sa face cadavérique qui lui donnaient en fait une expression hideuse. Le monstre tentait de l'entraîner vers quelque abîme, sous les encouragements d'Exion II qui hurlait :

« Emportez-le ! Qu'il rejoigne les monstres de son espèce ! Il est le crime, il est la faute, il est la menace ! Tirez ! Tirez-le jusqu'au plus extrême exil de l'Occulte ! »

Kendhil aurait voulu crier, mais il n'avait ni souffle ni force. L'horreur l'avait totalement paralysé. Une voie féminine vint se joindre à ce tumulte :

« Ne faites pas cela, père ! Donnez-le-moi ! Père, arrêtez ! »

Un homme lui répliqua sèchement :

« Silence. Ne vois-tu pas que j'essaie au contraire de le ramener ? Mais il faut que je sache... Je dois voir. »

Kendhil distingua au sein du maelström le visage du Sorcier d'Akréon. Il lui tendait la main, qu'il s'empressa de saisir. Leurs regards s'ancrèrent l'un dans l'autre. Le Sorcier éprouva une soudaine peur qui le fit reculer, mais pas rompre ce lien fragile.

« Par les foudres de l'Occulte, cela dépasse l'entendement ! Qui êtes-vous, Kendhil d'Oriadith ? »

Kendhil comprit que le Sorcier avait vu, ou du moins approché son mystère, comme le Magicien Ezhémédion, ainsi qu'un peu plus tard le Premier Magicien Exion II. Une force puissante l'attira alors vers le bas, jusqu'à ce que réapparaisse son corps inerte. Il éprouva une sensation de chute vertigineuse, qui se traduisit par ce pincement au creux du ventre si souvent éprouvé lorsque, chevauchant Karlo, celui-ci plongeait brusquement. Mais cela dura beaucoup plus longtemps et fut infiniment plus saisissant...

Kendhil se redressa en avalant une profonde goulée d'air, tel un naufragé sorti des eaux. Il respira à fond plusieurs fois, une main sur la poitrine. Bientôt, ses peurs et ses douleurs s'apaisèrent et il retrouva toute sa lucidité. Mythrite, assise à sa droite, lui souriait. De l'autre côté, son père s'était effondré, épuisé, dans un fauteuil. Auprès de lui se tenait son épouse, raide, tendue à l'extrême. Le Sorcier ouvrit les yeux, se redressa contre le dossier de son siège en prenant appui sur les accoudoirs.

« Je vous ai ramené, déclara-t-il d'une voix que l'épreuve avait rendue rauque. Mais votre cas dépasse mes compétences. Demain, vous partez pour Khorfeu. »

• 21 • 

LA CITADELLE DE LA SORCELLERIE

Khorfeu était la citadelle où siégeaient la ghilde des Sorciers et le premier d'entre eux, le Primat Kher Idiaz. Tôt le matin, Mythrite vint voir Kendhil dans sa chambre. Espérant sans doute le surprendre, elle poussa doucement la porte, sans frapper, puis dans la pénombre s'avança jusqu'au lit sur lequel l'elfe reposait, les mains croisées sur le ventre à la manière des gisants sur les tombeaux. Il était d'une pâleur qui eût effrayé ses semblables, mais pour la fille d'un Sorcier, c'était un atout de séduction supplémentaire. Elle s'assit au bord de la couche, puis contempla son hôte avec une admiration teintée de désir, bien qu'il ne fût pas de son espèce. D'ailleurs, cela la troubla, car elle ne s'expliquait pas cette attirance contre nature. Peut-être que si elle l'embrassait, elle remettrait de l'ordre dans ses sens. Joignant l'acte à la pensée, elle se pencha, approcha son visage de celui de l'elfe qui sommeillait... ou faisait semblant.

« Je n'échange des souvenirs qu'avec Errindha », murmura Kendhil.

La jeune fille se redressa vivement.

« Qui est cette Errindha ? »

L'elfon ouvrit les yeux. Il avait encore en esprit les visions de cauchemar qui n'avaient cessé de le hanter depuis son malaise de la veille. Un phénomène nouveau et particulièrement inquiétant s'était ajouté à ces affres : sa conscience flottait entre deux mondes, l'Ici et un au-delà qui devait être l'Occulte. Une certitude le taraudait désormais, il finirait par basculer dans ce vide qu'il percevait peuplé de présences malheureuses et avides.

« Vous ne me répondez pas, seigneur Kendhil ? Qui est cette Errindha ? »

Le jeune Sentinelle se redressa, puis se leva.

« Il devient urgent que je rencontre le Primat de votre ghilde, déclara-t-il comme s'il n'avait pas entendu la question. Mais je ne sais pas comment me rendre dans cette cité de Khorfeu, évoquée hier par votre père.

– Il est prévu que je vous y conduise, répondit Mythrite, bougonne. Mais avant, il faut que vous preniez un repas.

– Je n'ai pas faim, merci.

– Ce n'est pas une proposition, c'est un ordre de mon père. Car il estime que si vous voulez tenir sur vos jambes, c'est une nécessité. »

Kendhil esquissa un sourire reconnaissant.

« En ce cas, je m'incline. »

La collation qui fut servie au jeune Sentinelle dans l'immense salle à manger comportait un peu de viande. Kendhil se sentait si las et déprimé qu'il n'eut pas la force de refuser. Lorsqu'il remercia ses hôtes, la dame d'Akréon se fendit d'un sourire pincé, qu'il apprécia à sa juste valeur. Le Sorcier le salua courtoisement, mais dans sa manière de le regarder, il y avait désormais de la crainte. Ensuite, Kendhil suivit Mythrite jusqu'à une dépendance dans le parc, où les attendait une carriole à deux roues, capote rabattue, attelée à un cheval brun squelettique, en vérité un métamort, d'une vivacité déconcertante. À croire qu'il était heureux de ce départ, tant il s'agitait entre ses brancards.

Mythrite invita l'elfe à monter en voiture. Elle lui tendit même sa main, qu'il accepta distraitement.

« D'ordinaire, c'est l'homme qui aide la dame à prendre place dans son cabriolet, lui fit-elle remarquer.

– Je ne suis pas un homme », répliqua Kendhil.

Il s'installa et ferma les yeux. L'épuisement faisait battre son cœur très vite, trop vite. La jeune fille n'insista pas et d'un claquement de langue autorisa la sinistre rosse à s'élancer.

À un trot soutenu, l'attelage ne tarda pas à quitter la propriété puis le bois pour entamer la traversée d'une lande brumeuse, austère et terne dans la lumière blême d'un jour sans soleil. C'est alors qu'un immense oiseau de proie brun quitta l'arbre au sommet duquel il était perché, puis vint survoler les voyageurs.

« Je parierais qu'il s'agit là de votre aigle, dit Mythrite.

– Alors vous perdriez. Il est l'alter ego d'Errindha. »

Kendhil avait répondu d'une voix lasse, presque inaudible. Par moments, sa vue se troublait et lui montrait des choses qui n'existaient que de l'autre côté. Un arbre, par exemple, devenait l'entrée d'une caverne gardée par des spectres armés de lances. La route empierrée qu'ils suivaient se transformait en rivière aux eaux tumultueuses. Une simple touffe d'herbe pouvait lui apparaître comme la tête échevelée d'une créature hideuse.

« Votre fiancée ?

– Comment ? fit-il en émergeant brusquement d'un nouveau trouble. Je ne connais pas ce mot.

– La fiancée est celle à qui l'on a promis son cœur et que l'on compte prendre pour épouse un jour ou l'autre.

– Je vois. Chez les Sentinelles, on ne fait pas ce genre de promesse. On aime, et cela suffit. »

Mythrite suivit le bel oiseau du regard, se disant que dans la collection de son père, il serait une pièce d'exception...

À quelques lieues de là, les traits d'Errindha se crispèrent.

« Je n'aime pas du tout la tête de cette fille, marmonna-t-elle.

– Gnnn... Que dis-tu ? Gnnnan ! Ouch, ché bon ! »

Karlo avait trouvé un chêne à sa taille pour se gratter le dos. Après avoir survolé depuis l'aube une mer de brume sans fin, celle-ci avait fini par se déchirer au-dessus d'un secteur légèrement vallonné, où moutonnaient quelques belles parcelles boisées. Le dragon s'y était posé et avait demandé à sa passagère de lui accorder une petite heure de repos.

Par les yeux d'Orso, la jeune Sentinelle venait de constater l'aggravation de l'état de son ami.

« Je dis qu'il faut y aller et tirer Kendhil des griffes de cette humaine. »

Karlo cessa de martyriser l'arbre.

« Quoi ? Une humaine l'a pris en griffes ? », s'exclama-t-il, prenant les paroles de l'elfide au premier degré.

Il pouvait soudain décider de voler au secours de son alter ego, sans se rendre compte qu'il signerait ainsi son arrêt de mort. Elle haussa les épaules, puis soupira :

« Ce n'est pas tout à fait ça. Ce que je veux dire, c'est que... Enfin, nous devons rester vigilants. Elle l'emmène dans une carriole.

– Il est attaché ? »

Errindha s'approcha du dragon. Elle ramassa dans l'herbe une feuille large, dont elle admira la découpe et les chatoyantes couleurs d'automne.

« Non. Je crois qu'elle l'aide à gagner sa destination. »

Karlo hocha la tête, puis reprit son activité :

« Je vois. Si elle lui saute dessus, préviens-moi. »

Le cabriolet approchait de la mythique citadelle de Khorfeu. Mythrite jeta un coup d'œil à son passager qui dodelinait de la tête.

« Nous arrivons », annonça-t-elle.

Kendhil ouvrit les yeux, cligna des paupières... et acquiesça.

« Est-ce cette montagne noire ? »

Mythrite fronça les sourcils. La montagne en question était un mont peu élevé, couvert de bruyères et de rochers. Un cirque y avait été creusé, dans lequel se nichait la forteresse en pierre violette, certes assez sombre, mais pas noire.

« Avez-vous des problèmes de vue ? » s'inquiéta la jeune fille.

Kendhil répondit non de la tête, puis scruta l'horizon qui à présent lui apparaissait avec netteté. Khorfeu était une place forte de belle dimension, dont le rempart crénelé formait un large arc de cercle, qui protégeait un entassement de maisons aux toits de tuiles vernissées de couleur violette. Ces demeures occupaient la partie basse de la citadelle. Le château était bâti dans la partie haute et s'étageait jusqu'à la paroi de pierre en une succession de bâtiments trapézoïdaux, à l'instar de la maison du Sorcier d'Akréon. Au sein de cet agglomérat, s'élevait une tour hexagonale massive, percée de nombreuses fenêtres triangulaires, dont le sommet tutoyait celui de la montagne.

« Je n'ai jamais vu une pierre de cette couleur, commenta Kendhil.

– C'est la roche de Khor qu'on ne trouve que dans le sous-sol des Mondes Glauques. Elle possède certaines propriétés, dont celle d'être indestructible. »

Kendhil crut bon de garder son scepticisme pour lui. Quelques habitations avaient été construites autour de la citadelle, et plus loin sur les terres environnantes. Il s'agissait de fermes ou de hameaux, disséminés dans une campagne entièrement cultivée. La nature marécageuse du terrain avait contraint les hommes à adapter les cultures ou à drainer certaines parcelles, tandis que d'autres avait été creusées pour servir de réservoirs d'eau et de nourriture aquatique.

La route serpentait entre ces rectangles de cultures, dont certains présentaient un aspect singulier : des herbes hautes et souples, d'un beau vert tendre, poussaient dans un cloaque nauséabond.

« Qu'est-ce ? demanda Kendhil en désignant le plus proche qu'ils s'apprêtaient à longer.

– Des rizières. Vous n'en aviez jamais vu ? »

Il fit non de la tête, et à nouveau sa vision se brouilla pour lui imposer l'instant suivant une pure image de cauchemar, un vaste espace au sol anthracite, sur lequel déambulaient des centaines d'âmes errantes.

• 22 •

PERFIDE MYTHRITE

Le Sentinelle reprit conscience lorsque Mythrite fit ralentir le cabriolet à quelques pas de la porte trapézoïdale de la citadelle.

« Nous allons devoir continuer à pied, annonça-t-elle. Vous en sentez-vous capable ?

– Oui, bien sûr », acquiesça l'elfon.

Ils s'étaient arrêtés sur un vaste espace en terre battue, où stationnaient de nombreuses carrioles de toutes sortes, la plupart destinées au transport des personnes. Près du rempart, quelques marchands ambulants avaient installé leurs tréteaux. Certains haranguaient les passants qui semblaient plutôt pressés d'entrer dans la cité, ou bien d'en sortir plutôt que de s'attarder à grignoter de répugnantes bestioles grillées ou à acquérir divers objets, tous plus mystérieux les uns que les autres aux yeux d'un elfe d'Oriadith.

« M'escorterez-vous jusqu'au Primat des Sorciers ? s'enquit Kendhil, une fois qu'il eut mis pied à terre.

– La mission que m'a confiée mon père s'arrêtera à

l'entrée du palais de la ghilde. Au-delà, même si je le voulais, je ne serais pas autorisée à vous accompagner.

– Pourquoi ?

– Parce que je suis une fille, quelle question ! » répondit-elle avec un haussement d'épaules.

Kendhil n'eut pas la force de commenter cette étrangeté propre aux humains, mais il n'en pensa pas moins.

« Je vous suis, Mythrite. »

Après avoir confié l'attelage à l'un des palefreniers mis à la disposition des visiteurs, ils se rendirent à la porte de Khorfeu. Ils la franchirent sans aucune formalité, mais sous l'œil intrigué et méfiant de lanciers en uniforme violet et noir. Ils empruntèrent ensuite une rue étroite sur leur droite, bondée de badauds qui se pressaient devant une succession ininterrompue d'échoppes.

« Ce n'est pas la voie la plus rapide pour monter au palais, n'est-ce pas ? remarqua Kendhil.

– Non, mais c'est la plus intéressante. »

Il esquissa un sourire.

« Je vois. J'avais déjà remarqué l'attrait des humains pour le commerce. Et que vend-on, ici ? »

Ravie, la jeune fille lui fit découvrir les boutiques selon elle les plus séduisantes :

« Dans celle-ci, on peut acheter des poudres de vie ou de mort ; des médicaments et des poisons, si vous préférez. D'ailleurs, souvent, ce sont les mêmes, c'est juste la dose qui change. Là, vous trouverez tout ce qu'il faut pour équiper un Sorcier. Et ici, vous obtiendrez les meilleures recettes pour créer des illusions... »

Elle s'interrompit.

« D'ailleurs, ça me donne une idée », marmonna-t-elle en se caressant le menton.

L'échoppe devant laquelle ils s'étaient arrêtés ne comportait qu'une porte vitrée, sur laquelle était peinte en rouge une inscription dans un alphabet spécifique aux Sorciers. Kendhil faisait semblant de s'intéresser à ces commentaires, qui en d'autres circonstances l'auraient sûrement passionné. Il finit par demander à son guide de bien vouloir accélérer la visite, car il sentait que son temps était de plus en plus compté.

« Pas le mien, rétorqua-t-elle. Nous allons quand même marcher plus vite. Donnez-moi la main. »

Kendhil s'exécuta et détesta ce contact.

Au-dessus d'eux, assez haut dans le ciel, Orso pouvait les apercevoir, mais seulement par intermittence en raison de l'étroitesse des rues. Errindha non plus n'aima pas cette proximité.

Kendhil et la jeune fille parvinrent enfin devant le portail de bois sculpté du palais de la ghilde. Des gardes en faction parcouraient son étroit parvis, en apparence indifférents aux quelques passants qui le traversaient. Leur uniforme violet était plus complet et sophistiqué que celui de leurs homologues de la porte de la citadelle. Ils portaient l'épée au côté et non la lance. Leur poitrine était protégée par un plastron de cuir épais et ils étaient coiffés d'un casque de métal noir, dont le cimier était orné d'une curieuse crête de plumes de corbeau. La sévérité de leur visage traduisait leur fierté de soldats d'élite. L'un d'eux se porta à la rencontre du couple, qui lui parut au premier abord singulier, donc suspect.

« Honneur à vous, les salua-t-il. Auriez-vous besoin d'un renseignement ?

– Vous avez l'œil, capitaine, le flagorna Mythrite. Je suis la fille d'Hérémeth d'Akréon, Sorcier de troisième rang supérieur. Il m'a confié une mission que je me dois maintenant de vous déléguer, puisque je ne puis franchir ce seuil. »

Elle désigna d'une œillade le portail, puis Kendhil qui était en train d'endurer un vertige affreux, comme s'il se fut trouvé au bord d'un gouffre de l'Occulte.

« Celui que j'accompagne n'est pas un humain, c'est un elfe Sentinelle. Il est dans une situation tellement... (elle fit mine d'essayer de se souvenir) inconcevable, a diagnostiqué mon père, que seul le Primat de la ghilde serait en mesure de l'examiner. Je précise que le temps presse, ainsi que vous pouvez le constater à la pâleur de cette malheureuse créature. »

Éberlué, l'homme dévisagea l'intéressé, se demandant quelle attitude adopter. Enfin, il se secoua.

« Fort bien, je m'en occupe, déclara-t-il d'une voix mal assurée. Si Sa Seigneurie veut bien me suivre. »

Mythrite éprouva un pincement au cœur.

« Je ne peux pas l'accompagner, vraiment ? demanda-t-elle.

– Désolé, damelle, c’est interdit. »

Elle aurait voulu donner un encouragement au jeune Sentinelle, lui promettre qu’elle allait l’attendre ici, qu’il devait rester confiant… Elle fut incapable de prononcer un son et ne put que le regarder s’éloigner avec le capitaine de la garde, puis disparaître dans le palais par un portillon d’entrée.

« Il ne s’est même pas retourné », maugréa-t-elle entre ses dents.

Du coup, elle décida qu’elle ne perdrait pas son temps à attendre un tel ingrat et rentrerait chez elle après l’avoir à jamais chassé de ses pensées. Elle fit volte-face et reprit d’une démarche légère le chemin du retour qui passait forcément par la rue commerçante.

À plusieurs reprises, elle fut tentée de dépenser les cartins qu’elle avait emportés dans une petite bourse, mais une autre envie supplanta toutes les autres. Elle s’arrêta devant la porte vitrée sur laquelle était signalée la présence d’un Sorcier, s’annonçant « maître en l’art des illusions et troublantes transfigurations ». Son hésitation fut de courte durée. Elle entra, le pas ferme et décidé.

Après avoir assisté de haut à l’accueil de Kendhil au château des Sorciers, Errindha avait ordonné à Orso de rester autant que possible en surveillance au-dessus de la citadelle violette. Elle s'était préparée à une attente qui s'annonçait aussi longue que pénible, et s'était pour cela installée dans un magnifique conifère, dont le parfum sucré avait des vertus apaisantes. Couché au pied de l'arbre, Karlo ne se sentait pas capable de la même patience :

« Je lui donne jusqu'au crépuscule pour régler son affaire, gronda-t-il.

– Et que feras-tu s'il ne reparaît pas d'ici là ? l'interrogea l'elfide.

– Ce que je ferai ? Houm... J'irai le chercher ! Enfin, disons plutôt que j'irai questionner ces sorciers de malheur. Et ils auront intérêt à me répondre. »

Malgré ses inquiétudes, Errindha sourit. Dire qu'elle se méfiait de ce lourdaud avant que Kendhil ne se mette en tête de parcourir l'Empire à la recherche de ses origines. Il lui faisait un peu peur, comme à tous ses semblables de la communauté des Sentinelles. Et pourtant, Karlo avait la douceur et la prévenance d'un père attentionné... pour ses amis. Pour ceux qui le contrariaient ou se montraient hostiles, en revanche, il était capable d'une férocité sans bornes. Errindha referma les yeux pour se concentrer à nouveau sur ce que voyait son aigle. C'est ainsi qu'elle contempla cette sinistre citadelle, perdue au cœur d'une contrée qui méritait vraiment son nom de *Glauque*.

Soudain, Orso vira sur l'aile et piqua vers le sol. Errindha crut sur le coup qu'il avait repéré une proie ; c'était en fait Khorfeu qui l'intéressait. Elle allait interroger son alter ego, quand elle aperçut une silhouette familière qui franchissait le rempart par le porche trapézoïdal. Elle se redressa en prononçant un nom :

« Kendhil ? »

Karlo souleva la tête, qu'il avait posée sur le tronc d'un sapin, abattu pour son confort d'un coup de queue.

« Que dis-tu ?

– Kendhil... il est là ! C'est impossible !

– Là ? Où ? OÙ, LÀ ? »

Le dragon scrutait fébrilement le paysage, mais aucun bipède n'était en vue sur cette lande en partie boisée.

« Il vient de franchir le rempart de la ville ! s'exclama Errindha. Il paraît en parfaite santé... Karlo, je n'y comprends rien. Il serait déjà délivré du sort des Maudits ? »

Orso perdit encore un peu d'altitude. Le doute ne fut bientôt plus permis, l'elfon était là, souriant et fringant, qui approchait de la carriole à deux roues dans laquelle il était arrivé avec l'humaine aux yeux bizarres.

« Où est-elle ? » s'interrogea Errindha.

Kendhil s'empara à l'arrière du véhicule d'une couverture qu'il cala sous son bras. Il fit quelques pas, puis leva les yeux vers l'aigle qui tournoyait, quelques dizaines de mètres au-dessus de l'esplanade. Il sourit, puis héla un individu grand et décharné, en tablier de palefrenier, à qui il lança brusquement un petit objet que ce dernier réceptionna avec habileté. Kendhil lui donna ensuite une explication qui manifestement suscitait chez lui une grande perplexité. L'homme finit par opiner du chef.

« Errindha, par les foudres d'Hélion, vas-tu me dire ce qui se passe ?

– Si je le savais ! Kendhil marche sur l'espace pavé où sont garées les carrioles des humains. Le voilà qui s'éloigne... Qu'est-ce que cela signifie ? Mais où vas-tu, mon ami ? »

La tension extrême de l'elfide se communiqua au dragon qui, au contraire d'un elfe, s'agitait et grondait de colère quand il était sous pression. Il s'était levé, trépignait sur place et émettait d'obscures imprécations, jaillies des plus lointaines profondeurs de son instinct.

« Oh ! L'homme lui court après. Il le poursuit ! » s'écria Errindha.

Le dragon se figea. Il darda son regard d'or en fusion vers l'elfide qui se tenait à présent debout sur une branche.

« Karlo, il le rattrape et... oh non ! Il l'agresse. Karlo, Kendhil est en danger !

– Saute, Errindha, saute sur mon dos ! » s'exclama le dragon.

Mais l'elfide ne l'entendit pas.

« Orso, renverse l'humain ! Déchire-le ! Va ! Va ! » ordonna-t-elle, hurlant presque.

N'y tenant plus, Karlo saisit le tronc de l'arbre abattu et, à coups de crocs ravageurs, entreprit de le déchiqueter. À une vitesse ahurissante, Errindha vit se rapprocher le dos du palefrenier. Les serres de son aigle s'ouvrirent et se refermèrent sur les chairs de l'humain qui cria de douleur. L'oiseau fut alors renversé. Le visage de Kendhil apparut brièvement, fendu d'un rictus hideux. Et soudain, ce fut l'obscurité.

« Orso ! » s'écria Errindha, écartant et agitant les bras comme si on l'avait enfermée dans un sac.

• 23 •
PREMIÈRE AUDITION

Errindha comprit que son alter ego avait été attiré à terre pour être capturé. Le Kendhil qu'il croyait secourir devait être cette fille aux cheveux hirsutes et noirs, qui avait usé d'un quelconque sortilège.

« Karlo, ce n'est pas Kendhil qui est en danger, c'est Orso. Il est prisonnier de l'humaine. »

Le dragon poussa un grondement sourd ressemblant à un feulement.

« En place, petite Errindha, notre ami ne restera pas longtemps entre ses pattes. »

L'elfide sauta directement de l'arbre sur le dos du monstre, qui décolla en poussant un rugissement si puissant qu'elle dut se boucher les oreilles avant de s'accrocher.

Mythrite était folle de joie. Elle riait du bon tour qu'elle avait joué à ce maudit volatile. Surtout, elle se félicitait du parfait accomplissement d'une vengeance mûrement concoctée dans le cloaque de sa conscience.

« Tu vas voir, mon bel oiseau, comment mon père va faire de toi le joyau de notre collection. »

Elle soupira, imaginant avec délectation la stupeur et la reconnaissance de cet homme si distant, quand elle lui offrirait ce cadeau d'exception. Ayant déposé et sanglé à sa droite sur la banquette du cabriolet le sac de toile contenant Orso, elle ordonna d'un claquement de langue un petit trot au cheval métamort. Dans une indifférence hautaine, elle passa devant le palefrenier qu'elle avait payé pour faire semblant de l'agresser, alors qu'elle avait pris l'apparence de Kendhil. Le malheureux, gémissant des blessures infligées par les serres de l'aigle, était soutenu par deux de ses collègues.

« Que la malédiction te tombe du ciel et t'écrase ! » trouva-t-il la force de proférer.

En réponse, la perfide Mythrite émit un rire... de Sorcière.

En chantonnant, elle s'engagea ensuite sur la voie herbeuse qui serpentait à travers rizières, étangs et pâtures. Quelques minutes plus tard, Orso cessa brusquement de s'agiter.

« Enfin, tu te calmes, persifla la jeune fille. Tu as raison. Il ne faudrait pas que tu abîmes ton beau plumage. »

Une intuition lui fit alors perdre sa belle sérénité, comme si elle prenait conscience qu'elle venait de commettre une grave faute. Elle tenta de chasser de son esprit cette mauvaise pensée, mais celle-ci y demeura, persistante et de plus en plus alarmante. Elle finit par capter des sons réguliers, semblables à des battements d'ailes. Elle leva la tête pour scruter le ciel et ne tarda pas à apercevoir un animal, dont elle ne reconnut pas la silhouette. Il était loin et pourtant déjà si énorme qu'elle crut un instant être victime d'une distorsion visuelle, comme cela arrive parfois quand on abuse de certains sortilèges. Mais là, non... il s'agissait bien d'un mastodonte ailé, chevauché par un cavalier à chevelure noire, portant une cape vert bronze, comme celle de... de Kendhil ! Enfin, elle comprit.

« Un dragon ! »

Elle poussa son cheval au galop, claquant frénétiquement de la langue, jetant à tout instant des coups d'œil épouvantés vers l'équipage improbable qui se rapprochait à une vitesse folle. À plusieurs reprises, l'une ou l'autre des roues mordit sur l'accotement, manquant de peu de faire basculer l'attelage dans une rizière. Apercevant un couvert d'arbres à trois cents mètres, elle crut pouvoir encore échapper au chasseur, jusqu'à ce qu'une ombre s'étende sur elle, qu'une bourrasque de vent achève de la décoiffer, qu'un rugissement lui glace le sang et pour finir qu'une montagne d'écailles rouges s'abatte quelques toises devant et lui coupe la route. Le cheval freina si brutalement, qu'il faillit la propulser sur sa croupe décharnée. Karlo baissa la tête, ouvrit sa gueule monstrueuse, puis d'un seul coup de dents broya le métamort qu'il recracha aussitôt avec dégoût.

« Beuh ! C'est immonde. On croirait un vieux cadavre desséché, commenta-t-il.

– Seigneur dragon, que voulez-vous ? bredouilla Mythrite. Je ne suis qu'une innocente voyageuse.

– Mouais, ironisa Karlo, et une vilaine fifille qui va me rendre mon ami. »

Elle jeta machinalement un coup d'œil au sac de toile dans lequel Orso s'était remis à bouger. Durant cet échange, Errindha avait mis pied à terre. Contrainte de marcher sur le bas-côté de la route pour contourner le volumineux Karlo, elle dérapa sur la courte pente boueuse. Pour un peu, elle plongeait dans un champ d'eau, piqueté d'une myriade de plants d'herbe fine et haute.

« Je ne vois pas de quoi vous voulez parler », tenta piteusement de nier Mythrite.

Approchant du cabriolet, Errindha dégaina sa lame elfique. Soudain prise de panique, la ravisseuse sauta du véhicule et s'enfuit à toutes jambes vers Khorfeu.

« Hum, il n'y a pas grand-chose à manger et ça ne doit pas être du premier choix, estima Karlo en lorgnant la fuyarde, mais j'en ferais quand même bien un casse-croûte. »

Il déploya ses ailes, mais avant qu'il ne décolle Errindha lui conseilla, tout en délivrant son cher compagnon :

« Laisse-la partir. Je suis sûre que son sang est aussi empoisonné que son esprit.

– Tu as certainement raison. N'empêche, je vais quand même lui donner une leçon. »

Il s'éleva. En quelques secondes, il avait rattrapé la fille. Il la saisit entre ses dents, vira sur l'aile, puis se posa dans ce qu'il croyait être un champ de blé en herbe.

L'instant suivant, il réalisait qu'il venait de commettre une erreur, une très lourde erreur !

Kendhil n'aurait su dire depuis combien de temps il patientait dans cette antichambre, assis dans un fauteuil de cuir violet, gardé par un milicien du palais en faction devant l'une des deux portes à double battant. Au bord de sa conscience troublée, flottait le souvenir d'une discussion avec un homme grand et mince, vêtu comme le Sorcier d'Akréon. Ce Secrétaire perpétuel, ainsi qu'il s'était présenté, avait d'abord manifesté une attention polie à la requête du Sentinelle de rencontrer le Primat de la ghilde. Quand Kendhil lui avait annoncé que les Magiciens d'Éa-Kyrion l'avaient arrêté et fait comparaître devant un conseil réuni dans l'urgence, l'homme avait ouvert grands les yeux. Et lorsqu'il avait révélé qu'il était sous l'effet du sort des Maudits, le Secrétaire s'était précipité hors de son cabinet. Ensuite, des huissiers avaient conduit le visiteur jusque dans cette petite pièce, où on lui avait demandé de patienter avant d'être introduit dans un lieu appelé la chambre des Audiences.

Quelques minutes plus tard, l'une des doubles portes s'ouvrit brusquement, toute seule, comme par magie. Devant l'autre, le garde se redressa en bombant le torse. Kendhil leva la tête et aperçut une immense salle parquetée, dont les murs étaient tapissés de tentures violettes armoriées.

« Seigneur Kendhil d'Oriadith, veuillez vous présenter dans la chambre des Audiences », le sollicita une voix, dont la résonnance confirmait la vastitude de la pièce.

L'elfon se leva. Il franchit la porte d'un pas incertain. Le milicien eut alors la présence d'esprit de s'emparer du fauteuil et de le transporter dans la Chambre. Il le déposa au centre, puis invita avec respect le Sentinelle à s'y asseoir. La voix retentit de nouveau :

« Merci, chevalier. Veuillez rester, il est possible que nous ayons besoin de vous donner des ordres. »

L'officier acquiesça, puis alla se planter à l'écart. Kendhil explora entièrement l'endroit du regard et s'étonna qu'il fût vide de tout mobilier. Où était donc celui qui parlait ? Il leva les yeux et découvrit que la partie supérieure des murs comportait une galerie de bois, dont les sombres arcades grillagées dissimulaient ce qui se cachait derrière. Sans doute son interlocuteur s'adressait-il à lui depuis cette mystérieuse tribune.

« Nous sommes conscients de votre état d'épuisement, reprit la voix. Cependant, il nous faut connaître les détails de votre malheur, avant que nous vous apportions une aide éventuelle...

– Pourquoi devrais-je parler à des fantômes ? l'interrompit Kendhil.

– Les audiences en cette Chambre se déroulent toujours ainsi. Disons que c'est une tradition de notre ghilde, une manière de rappeler que nous sommes des Savants de l'Occulte. Mais rassurez-vous, ce qui est invisible n'est pas absent. Je veux dire que nous sommes quelques-uns parmi les plus hautes instances de la Sorcellerie, prêts à vous entendre céans, avec patience et intérêt. »

Kendhil prit le temps de la réflexion avant de choisir la bonne attitude. Il sentait qu'il n'aurait pas la force de soutenir un interrogatoire, qui forcément se prolongerait s'il s'adressait à des Sorciers du niveau d'Akréon, c'est-à-dire incompétents pour traiter son problème.

« C'est à votre Primat, Kher Idiaz que je dois parler, finit-il par déclarer. S'il n'est pas là, faites-le prévenir ou alors...

– Il est là. Vous pouvez vous exprimer.

– Je suis un elfe Sentinelle, je dois voir à qui je m'adresse.

– Ce n'est pas dans nos procédures. Un visiteur étranger, quel qu'il soit, fût-ce un elfe, doit d'abord passer par la chambre des Audiences. »

Kendhil se leva et parcourut la tribune du regard. Une curieuse intuition lui suggéra d'utiliser sa vision de l'Occulte pour franchir la barrière des grillages et lui révéler la partie cachée de l'Audience. C'est ainsi que lui apparurent des formes humaines, la plupart assises, semblables à des spectres de nébulosités blafardes. Quatre étaient installées d'un côté et quatre de l'autre, espacées parfois de plusieurs largeurs de siège. L'une d'elles se tenait debout et l'observait. Il fixa son attention sur cette dernière, puis reprit :

« Vous êtes huit. L'un de vous est debout. Un autre porte sur la poitrine un médaillon de métal, l'insigne que les Sorciers arborent sur leur coiffe. Et puis, je vois qu'un autre... »

Il s'interrompit, car la tache floue, légèrement rougeoyante, qu'il voyait au niveau de l'estomac d'un des Sorciers assis le déroutait. C'est alors qu'il entendit une voix intérieure lui souffler la signification de cette bizarrerie. Il acquiesça en pensée, puis reprit :

« Seigneur Sorcier qui vous tenez à la droite de votre frère debout, vous devriez consulter un guérisseur, car une maladie est en train de vous ronger le foie. »

L'homme bondit littéralement de son fauteuil.

« Comment est-ce possible ? s'écria-t-il. Un elfe ne peut produire un tel diagnostic. Ne serait-il pas plutôt Magicien, espion de l'empereur ou quelque mauvais génie venu accomplir une mission pernicieuse ? »

Le Sorcier à l'insigne se leva et prit la parole :

« Il n'y a qu'un moyen de le savoir, l'entendre dans la chambre de Vérité. Maintenant ! »

Kendhil esquissa un sourire et pensa : *Merci, Mézandion.*

• 24 •
L'AGONIE DE KENDHIL

« Ce qu'un Magicien a fait, un Sorcier peut le défaire ; c'est pourquoi je suis venu à vous... »

Kendhil parlait depuis un certain temps sans être interrompu. Il le fut à cet instant par le Primat des Sorciers :

« Cela ne vaut que pour les sorts ordinaires. Un sort des Ultimes... fichtre, nul n'a jamais osé ! Je me demande bien pourquoi ce vieux fou d'Exion II a prononcé une malédiction aussi grave, de surcroît à l'encontre d'un elfe. Ne vous a-t-il vraiment rien dit, hormis cette énigmatique conviction selon laquelle vous n'auriez jamais dû être, comme s'il s'agissait d'une faute ?

– Non », confirma le Sentinelle.

Son esprit était désormais à mi-chemin entre la réalité de l'Ici et les ombres de l'Occulte. Il savait qu'il était assis, mais son sens du toucher ne le renseignait plus sur son corps. Quant à sa vue, elle ne lui permettait de voir autour de lui que des formes spectrales et mouvantes. Kher Idiaz, s'il s'agissait bien de lui, était installé dans un trône à haut dossier, mains sur les accoudoirs, en majesté. Les lignes blafardes de son visage se modifiaient selon ses expressions, mais c'était surtout dans ses yeux, aux contours plus précis, qu'il était possible à l'elfon de lire ses sentiments. De part et d'autre du Primat, se tenaient sur des sièges plus modestes et perchés de plus en plus bas à mesure qu'ils s'éloignaient de celui du chef, une quinzaine d'autres membres de la ghilde.

« Et après qu'il eut prononcé le sort des Maudits, qu'a-t-il fait ? demanda-t-il encore. Je m'étonne qu'il vous ait laissé repartir comme si rien ne s'était passé. »

Kendhil baissa le regard. Il avait donné un récit aussi peu détaillé que possible, de peur qu'une information superflue ne nuisît à sa démarche ou ne créât de trop grande frayeur. Ainsi avait-il omis d'évoquer la fin tragique du grand maître de l'ordre des Magiciens.

« Vous nous cachez quelque chose, en déduisit Kher Idiaz. C'est maladroit et désobligeant à l'égard de ceux dont vous sollicitez l'aide.

– Très bien, consentit Kendhil, avec lassitude. Le Magicien a péri lorsque mon alter ego s'est écrasé sur lui. »

Un murmure de rires étouffés et d'interrogations parcourut l'assemblée.

« Écrasé, dites-vous ? Par un aigle ! Mais combien pèse-t-il, votre alter ego ? »

Kendhil vit la bouche du Sorcier s'étirer en un sourire moqueur, mais son regard commençait à se teinter de crainte. Le Sentinelle se dit qu'il devait lever les derniers voiles de sa mésaventure, car son auditoire était mûr :

« Mon aigle est un dragon d'Hélion. »

Un dragon d'Hélion en grande difficulté, aurait-il pu ajouter. Embourbé jusqu'à la naissance des ailes, le mastodonte ne parvenait pas à s'extraire de la rizière. Ses voiles de chair claquaient contre la surface boueuse, sans parvenir à alléger son corps massif, alors que ses pattes pourtant larges et puissantes ne trouvaient aucun appui. Depuis la route légèrement surélevée, Errindha assistait horrifiée et impuissante à ces tentatives désespérées, jusqu'à ce qu'elle se rende compte que plus son ami s'agitait, plus il s'enfonçait.

« Karlo, cesse de bouger, tu ne fais que t'enliser davantage ! Je vais aller chercher de l'aide.

– L'aide des humains, tu plaisantes ! gronda le dragon, allongé, les ailes écartées, dans ce bain de boue.

– Nous verrons. Je suis une elfe et... »

Elle s'interrompit, car une foule de curieux et de soldats accouraient sur la route depuis Khorfeu. Karlo tourna la tête pour observer le spectacle de cette horde gesticulante et ne put s'empêcher d'y aller de son ironie mordante :

« Tiens, voilà la cavalerie des vaillants nains. Tu veux les voir galoper dans l'autre sens ? Je vais leur servir un discours de bienvenue à la mienne façon. »

Il s'emplit les poumons d'une fantastique quantité d'air. L'œil sévère d'Errindha le dissuada d'émettre autre chose qu'un sifflement de bouilloire... interminable !

Kendhil se tut. Il avait à peu près tout dévoilé, à l'exception de la perle qu'il portait sur lui, renfermant une parcelle de l'âme du Magicien Mézandion. Sans elle, sûrement aurait-il déjà basculé dans l'abîme. De toute façon, il en était si près et la volonté des Sorciers de l'empêcher d'y sombrer si faible, que sa cause était perdue. La silhouette du Primat Kher Idiaz quitta son trône pour réagir au récit du jeune Sentinelle, interrompant ainsi un très long silence de réflexion :

« En admettant qu'il soit possible de contrer le sort qui vous frappe, seigneur Kendhil, il est une condition qui ne saurait être aisément remplie. En effet, si nous parvenons à arracher votre malédiction du tréfonds de votre âme, où elle a été plantée à votre naissance, il demeurera un vide qui devra être comblé. C'est la loi de l'Occulte. Or, cela ne peut se faire que par un sacrifice consenti. Qui pourrait vous faire ce don suprême ?

– Son alter ego ? suggéra l'un des autres Sorciers.

– Non, non, non, rétorqua le Primat en agitant l'index. Un dragon a un cœur de feu ; cela ne saurait convenir. Il faudrait un semblable, un elfe. »

Kendhil ferma les yeux – en vérité, ils étaient déjà clos depuis plusieurs minutes. Un découragement définitif effaça ses derniers espoirs.

« Que vais-je trouver, au fond de ce gouffre ? questionna-t-il.

– La détresse ultime », répondit sans tact le Primat.

Un infime grincement de gonds résonna dans la pièce. Des pas firent gémir le parquet. Une voix chuchota des mots que Kendhil put comprendre et qui le ramenèrent brutalement à l'Ici :

« Nous venons d'arrêter une créature qui se prétend elfe Sentinelle.

– Une elfide ?

– Oui, seigneur Primat. Mais ce n'est pas tout. Il y a aussi un... enfin, ça va vous paraître incroyable...

– Un dragon, l'aida Kher Idiaz.

– Euh, oui, tout à fait. Il s'est posé dans une rizière et s'est enlisé. Que devons-nous faire ? »

Un silence lui répondit d'abord, puis le Primat décida :

« Faites venir l'elfide.

– Dans la chambre des Vérités ? Directement ?

– Oui. Quant au dragon... »

Un gémissement déchirant, interminable, à glacer le sang d'un Sorcier, couvrit sa voix.

« Vite, capitaine ! Courez, courez chercher cette elfe ! » s'écria le Primat des Sorciers.

ÉPILOGUE

Kendhil n'eut pas la capacité physique de s'opposer aux décisions du conseil des Sorciers et de son amie Sentinelle. Il avait été allongé sur une table longue recouverte d'un velours pourpre. Errindha gisait à sa droite et lui tenait la main.

Kher Idiaz s'avança. Une nouvelle fois, il déclara :

« Damelle, je dois encore vous prévenir que si je réussis...

– J'avais compris dès le début, seigneur Primat, le coupa-t-elle, gardant les yeux clos afin d'affirmer sa détermination. Kendhil doit poursuivre son chemin. Je suis prête. »

Le Primat des Sorciers hocha la tête puis, d'un geste, ordonna que fussent apportées les potions que les elfes devaient boire, avant que commence la cérémonie dite d'« exhortation », car il s'agissait de convaincre les forces de l'Occulte d'accéder au vœu de la ghilde des Sorciers. Kendhil ne put avaler le breuvage, mais ce n'était pas indispensable le concernant, puisqu'il était déjà dans l'Entre-deux-mondes, cette dimension intermédiaire entre l'Ici et l'Occulte. Sa conscience était intacte, mais « flottante ». Avec curiosité, sans crainte ni souffrance, il observait les formes plus ou moins humaines qui se déplaçaient autour de lui, tandis qu'une voix grave psalmodiait d'antiques cantiques des premiers âges de la sorcellerie.

Bientôt, une image se forma tout près de lui, colorée, familière, chaleureuse.

« Errindha ? »

Le visage de l'elfide lui apparaissait avec netteté, dans toute sa rayonnante beauté juvénile. Elle ne disait mot, mais il captait tout son amour. Baissant le regard, il vit qu'il tenait ses deux mains entre les siennes.

« Nous resterons ensemble, toujours, murmura-t-il.

– Non, Kendhil, pas avant que tu aies accompli ton destin.

– Mon destin ? Je n'en veux pas !

– C'est ton droit, mais n'oublie pas que je livre à l'Occulte mon âme en échange de la tienne. Ton destin vaut mieux qu'un sacrifice inutile.

– Non, aucun sacrifice... »

Kendhil s'interrompit, car il se rendait compte que son amie, son amour, s'éloignait. Il regarda ses mains et vit avec effroi que les doigts de l'elfide échappaient lentement aux siens, sans qu'il puisse rien y faire, rien... *RIEN !* hurla-t-il dans l'espace meurtri de son esprit. Errindha sombrait. Il voulut plonger pour la ramener à lui, mais une force irrésistible l'attira vers le haut, l'aspirant irrésistiblement.

« Errindha ! Errindha ! je te ramènerai à la lumière, si loin que tu sois ! Jusqu'au fin fond de l'Obscur, j'irai te chercher ! »

La jeune Sentinelle n'était déjà plus qu'une vision imprécise, celle d'un souvenir désormais douloureux. Et soudain, Kendhil fut arraché à l'Occulte. La douleur le fit hurler et se redresser d'un coup. Il rouvrit les yeux, suffoquant, gémissant... Puis il fondit en larmes.

Au même instant, son alter ego poussait un rugissement, celui de la victoire car, avec l'aide des humains et d'un véritable troupeau de chevaux, il avait enfin réussi à s'extraire du bourbier où il se voyait stupidement périr. Il se secoua à la manière d'un chien mouillé, puis remercia ceux qui l'avaient sauvé :

« Entendez bien ce que je vais vous dire, car de votre vie ce sera la seule fois où pareil aveu vous sera fait de la part d'un dragon d'Hélion. Je reconnais m'être un peu trompé sur votre compte. Je vous croyais nabots stupides et veules ; vous n'êtes pas que cela ! »

Il se redressa, parut réfléchir avant d'ajouter :

« Merci. Bon, maintenant, donnez-moi des nouvelles de mon frère de lait, Kendhil d'Oriadith. »

Les humains, soldats et civils mêlés, la plupart maculés de boue, affichèrent le plus grand embarras. Un courageux s'avança pour annoncer :

« Nous ne savons rien sur votre frère, seigneur dragon, mais si vous le voulez, je peux aller m'enquérir de son sort, en votre nom. »

Le dragon émit un bref grondement, puis répondit :

« Eh bien ! faites, seigneur humain. Faites vite, car vous savez que... rhoum, les grosses bêtes comme moi ne sont guère patientes. Et en plus je suis inquiet.

– Je cours ! Je vole ! lança le jeune homme, fier de se voir confier une aussi prestigieuse mission par un aussi formidable commanditaire.

– Bonne idée ! » se dit Karlo.

Pour accélérer les choses, il décolla, cueillit le garçon dans l'une de ses serres, puis le transporta en quelques battements d'ailes sur l'esplanade, à l'entrée de la citadelle. À peine lâché, le jeune homme se précipita vers le porche. Mais il n'eut pas à courir bien loin ; des miliciens en uniforme violet apparurent en nombre. Ils ouvraient le passage à un cortège silencieux mené par un jeune homme brun... non, pas un jeune homme, un elfe Sentinelle. Celui-ci portait dans ses bras un corps inerte, enveloppé dans une cape elfique vert foncé.

Kendhil franchit le rempart, puis s'arrêta après quelques pas. Le chagrin qui marquait son visage suffit à faire comprendre à Karlo qu'il s'agissait du corps d'Errindha. N'osant s'approcher trop près du flamboyant reptile volant, les soldats s'arrêtèrent et un pesant silence s'abattit sur le parvis. Kendhil leva les yeux pour examiner son alter ego.

« Nous allons rentrer chez nous, dit-il d'une voix étrangement neutre.

– Elle est... enfin, je veux dire, elle n'est pas... bredouilla le dragon.

– Partons, Karlo, s'il te plaît. »

Au cours de ce voyage de retour, ils ne le surent pas mais ils sauvèrent deux jeunes humains en grand péril. Ils s'appelaient Orhass et Gastien. Pourchassés par la milice du Magistrum, ils venaient d'échapper de peu à la capture dans les ruines d'un vieux château où ils avaient trouvé refuge. Après une course folle sur une pente rocailleuse, couverte de plantes griffues, ils avaient aperçu un trou providentiel entre deux rochers, dans lequel ils s'étaient tapis. Deux miliciens rouges étaient sur leurs traces, quand l'un d'eux s'était écrié :

« Regarde, là-haut, un dragon !

– Un dragon... Peuh ! Idiot ! s'était moqué l'autre. C'est un gros corbeau.

– Ma parole, tu le fais exprès ! Ou alors ta vue est déficiente.

– Ah, tais-toi ! Remontons. Ils sont trop loin, maintenant. »

Les deux piètres pisteurs partis, les fugitifs purent soupirer à leur aise et s'extraire de leur cachette. Orhass regarda son compagnon d'infortune :

« Merci, l'ami, sans toi, je n'aurais jamais vu ce trou et... Cela dit, on n'est pas plus avancés. Où va-t-on aller, maintenant ? Il nous faudrait une région où les miliciens n'oseront pas venir nous chercher.

– Les Mondes Glauques », suggéra Gastien.

Orhass haussa les épaules. Alors l'ex-valet eut l'idée qu'il fallait :

« Les Crocs d'Oriadith ! Chez les elfes Sentinelles ! »

Au crépuscule de ce jour tragique, Kendhil retrouva les siens qui l'accueillirent avec autant de bonheur que de douleur, car il revenait avec le corps inerte de la jeune Errindha. Celle-ci fut portée jusqu'à l'arbre-maison de sa lignée, puis étendue sur son lit. La transfose n'avait pas encore eu lieu, si bien que son corps gracile avait gardé toute sa souplesse, sa chaleur et sa douce sensualité. Kendhil, qui la veillait avec Guenth l'Ancien et les plus proches parents de l'elfide, se rendit compte qu'il ne l'avait jamais regardée ainsi, comme une elfe entrée dans le premier âge de la maturité... comme lui. Quoique... le concernant, il avait plutôt l'impression d'avoir d'un seul coup sauté plusieurs âges elfiques, pour éprouver déjà la lassitude d'une vie trop remplie. Pourtant, son aventure n'était pas terminée, bien au contraire, puisqu'un "fabuleux destin" l'attendait. Plus sûrement un sort funeste, comme le lui avait prédit Mézandion. Il demeura ainsi, debout, le regard rivé sur le visage lisse et clair de son amie.

Une question lui vint tout à coup :

« Guenth, comment cela va-t-il se passer ?

– La transfose ? fit en écho le doyen des Sentinelles. Quand son âme sera délivrée et prête à épouser une nouvelle enveloppe, celle de l'Ici se dissipera, comme un mirage ou une brume éphémère. C'est tout. »

Kendhil éprouva un irrépressible sentiment de révolte, bien peu naturel pour un elfe.

« Je ne veux pas ! »

Guenth le dévisagea avec compassion, mais aussi inquiétude.

« Cela ne change rien, objecta-t-il. Quelle est ton intention ?

– Je vais essayer de la ramener à la vie.

– Impossible.

– Je l'ai déjà fait. J'ai guéri un adolescent humain qui était au seuil de la mort.

– Mais tu ne l'as pas ramené de l'Occulte. »

N'écoutant que son espoir fou, l'elfon tira la perle de Mézandion. Il la serra fort et longuement dans sa paume droite. Ensuite, il s'avança au-dessus d'Errindha, appliqua les deux mains sur son front. Il ordonna à Mézandion d'agir. Et il projeta sur l'elfide toute sa volonté, tout son amour. Il visualisa mentalement sa plongée dans le gouffre de l'Occulte où elle était perdue. Il imagina la retrouver et la serrer dans ses bras afin de la remonter à la lumière, comme on remonte un noyé à la surface...

« Kendhil, arrête cela ! » s'écria Guenth.

L'elfon rouvrit vivement les yeux. Il était en nage, essoufflé, épuisé. L'Ancien prit délicatement les poignets du jeune Sentinelle et l'obligea à ôter ses mains du crâne d'Errindha. Kendhil se rendit compte que rien n'avait changé et il éprouva un abominable sentiment d'échec.

« Il est des routes qu'on ne peut refaire en arrière, déclara le vieil elfe, des portes qui ne s'ouvrent qu'une fois, des destins qu'on ne peut changer. Accepte, Kendhil, c'est la sagesse qui le commande. »

Le jeune Sentinelle baissa la tête, puis se résigna à quitter la chambre.

Il ne se sentait pas la force d'assister à la transfose de sa jeune amie. À l'instant de franchir la porte, une voix faible mais limpide l'appela :

« Kendhil. »

Son cœur cessa de battre. Il se retourna. Errindha était toujours allongée sur son lit, figée et le visage serein. Rien n'avait changé... mais ses yeux étaient grands ouverts.

FIN...

TABLE

RÉALISATION : NORD COMPO À VILLENEUVE-D'ASCQ
DÉPÔT LÉGAL : SEPTEMBRE 2009
ACHEVÉ D'IMPRIMER EN JUILLET 2009
SUR LES PRESSES DE RODESA EN ESPAGNE